初學記卷第十四

禮部下

籍田第一

叙事　說文曰籍田者天子躬耕使人如借故謂之籍禮記曰天子親耕於南郊諸侯耕於東郊以供粢盛又月令曰天子三推公五推卿諸侯九推庶人終畝梁五禮籍田儀注曰其田東去宮八里遠十六里爲千畝天子耒耜一具三公耒耜三具九卿耒耜九具立方壇以祠先農應劭漢官儀曰天子升壇公卿耕記當天下種凡稱籍田爲千畝亦曰帝籍亦曰耕籍亦曰東耕亦曰親耕亦曰王籍

事對　紺轅青幘 潘岳籍田賦曰葱犗服于縹軛兮紺轅綴於黛耜應劭漢官儀曰天子東耕之日親率三公九卿戴青幘車駕蒼馬公卿已下車駕如常法

青壇　華畢 潘岳賦曰青壇蔚其岳立翠幕黕以雲布徐爰賦曰衍參涂之廣闢路之悠遠增華畢之未鶩同方其巳反

三推　千畝 禮記曰孟春之月天子親載耒耜躬耕籍田天子三

推公五推卿諸侯九推國語曰宣王即位不藉千畝虢文公諫曰夫人之大事在農上帝之粢盛於是乎出人蕃庶於是乎生是以土乃脈發先時九日太史告稷曰陽氣俱蒸土膏其動即以告王王即齋宮百官御事王耕一墢班三之庶人終乎千畝王弗聽師敗於姜戎

千耦　萬轡　繆襲藉田賦曰詔勾芒使掌曆兮勑義仲以農期儀晨祥而奉趾兮樂田祖以豳詩嘉載芟之千禄兮美振古之如兹徐爰賦曰隱千軫以風行闐万轡而霧轉白日麗晷乎桑野大駕稅辛乎疆甽

事天　祈社　礼記曰昔者天子爲藉千畝冕而朱紘躬秉耒諸侯爲藉百畝冕而青紘躬秉耒以事天地山川社稷先古以爲醴酪粢盛於是乎取之敬之至也毛詩曰載芟春藉田而祈社稷也載芟載柞其耕澤澤千耦其耘徂隰徂畛侯主侯伯侯亞侯旅侯疆侯以

教養　致敬　礼記曰耕藉所以教諸侯之養也五經要義曰天子藉田千畝以供上帝之粢盛當孟冬啓蟄既郊之後身率公卿大夫而親耕焉所以先百姓而致孝敬

載耜　秉耒　礼記曰乃擇元辰天子親載耒耜置之車右公卿諸侯大夫躬耕藉田注云元辰盖郊後吉辰也耒耜農器也又曰昔者天子爲藉田千畝冕而朱

紘諸侯藉田百畝冕而青紘躬秉耒以事天地山川社稷

降靈壇　脩帝藉　潘岳賦曰我皇乃降靈壇撫御耦游場染屨洪縻在手三推而舍庶人終畝貴賤以班或五或九張衡東京賦曰乘鸞輅而駕蒼龍介馭間以剡耜躬三推於天田脩帝藉之千畝

給宗廟　事社稷　漢書曰文帝詔曰夫農天下之本也其藉田朕親率耕以給宗廟粢盛礼記曰天子爲藉千畝躬秉耒以事天地山川社稷

賦

晉潘岳藉田賦

伊晉之四年正月丁未皇帝親率群后藉于千畝之甸礼也於是廼使甸師清畿野廬埽路封人壝宮掌舍設栢青壇蔚其岳立兮翠幕黕以雲布結崇基之靈趾兮啓四塗之廣阼沃野墳腴膏壤平砥清洛濁渠引流激水遐阡繩直迩陌如矢葱犗服于縹軛兮紺轅綴於黛耜儼儲駕於廛左兮俟万乘之躬履百寮先置位以職分自上下下具惟命臣龍春服之萋萋接游車之轔轔微風生於輕幰纖埃起乎朱輪森奉璋以階列望皇軒而肅震若湛露之晞朝陽兮若衆星之拱北辰於是前駈魚麗屬車鱗萃閶闔洞啓參塗方駟常伯陪乘太僕執轡后妃献穜稑之種司農撰播植之器挈壺掌升降之節宮

正設門閭之蹕天子乃御玉輦蔭華蓋衝牙鏘鏘綃紈綷縩震震填填塵鶩連天以幸乎藉田蟬冕頻以灼灼芋碧色肅其芋芊似夜光之剖荊璞若茂松之依山巔於是我皇乃降靈壇撫御耦遊場染屨洪縻在手三推而舍庶人終畝貴賤以班或五或九敢作頌曰思樂甸畿薄采其茅大君戾止言藉其農其農三推万方以祗耨我公田實及我私我簠斯盛我庾斯齊我倉如陵我庾如坻念茲在茲永言孝思人力普存祝史正辭神祇攸歆逸豫无期一人有慶兆民賴之

詩

梁武帝藉田詩 寅賓始出日律中方星鳥千畝土膏紫萬頃陂色縹嚴駕伫霞昕浥露逗光曉啓行天猶暗伐鼓地未悄蒼龍發蟠蜿青旂引窈窕公卿秉耒耜庶呪荷鉏耰一人慙百王三推先億兆

梁簡文帝藉田詩 禮經闡往說觀宅著華篇豈如春路動祈穀重人天蒼龍引玉軑文旂影曲旃皮軒承早日豹尾拂游煙地廣重畦淨林芳翠幕懸青壇出長畎帷宮繞直阡秉耒光帝則報獻動麌麌度諧金石奏德厚歌頌詮是知躬稼美兼聞富教宣

陳張正見藉田詩 王輦帶飛煙金輿映綠川雨師清遠路風伯靜遙天分渠通沃野激水繞公田草發青壇外花

飛蒼玉前蒼玉陳珪璧青壇躬帝藉冒撥乃三推齊衡均百辟蘭場儼芝駕桂圃芳瑶席山禽韻管絃野獸和金石

頌

岑文本藉田頌 正位恭己躰元得一望之如雲就之如日憲章載記殷鑒周宣迴輿南畝駐蹕東廛親耕帝藉躬稼大田方期多稼介此豐年富寔教資農惟政本上敦播植下勸蔍蓑榮辱既著淳朴可反礼節既興登封何遠式敷帝典載穆王度元良育德維城作固股肱周召爪牙信布比漢之北方周之祚

親蠶第二

敘事

禮記祭義曰古者天子諸侯必有公桑蠶室近川而為之築宮仞有三尺棘牆而外閉之祭統曰王后蠶於北郊以供純音緇服夫人蠶於北郊以供冕服月令曰季春之月后妃齋戒躬桑以勸蠶事孟夏之月蠶事畢后妃獻繭梁五禮先蠶儀注曰親蠶前一日大祝令質

明以太牢祠先蠶也

【事對】

織室　桑壇　東觀漢記曰明德馬皇后置織室蠶於濯龍中數來往觀視晉元康議曰皇后採桑壇在蠶宮西南是也

蠶宮　蠶館　蠶宮見上漢書曰孝元王皇后爲太后幸蠶館率皇后及列侯夫人桑也

北郊　東苑　北郊見上董也輿服志曰漢皇后桑於東郊苑中

標服　華簪　董巴輿服志注曰太后入廟服紺上皁下蚕青上縹下簪以玳瑁長一尺端爲華勝上爲鳳皇

分蠶　均桑　禮記曰后妃躬桑蠶事既登分蠶秤絲以供郊廟之服又曰后妃獻蠶乃收蠶稅以桑爲均貴賤長幼如一以給郊廟之服

一條　三灑　皇后親蚕儀注曰皇后躬桑始將一條執筐受桑周遷古今輿服雜事曰蚕始生后食之三灑而止

【賦】

晉閔鴻親蠶賦　后課功以觀匿均衆寡而抽稅令織縱於命婦供禘郊之舊制洪恩美而周普配春天之畧福揚黼黻之奇藻播朱紫之艷色

【頌】

魏韋誕皇后親蠶頌　躬耕帝籍

邁德班令嘉桒桑之肇敷思郊廟之至敬命皇后以親蚕俾躬桑於外坰考時日於□咸詔太卜以獻貞爾乃皇英叅秉塗山奉輿揔姜任於後陳載樊衛於貳車登崇壇以正位覿休氣於朝陽步雕輦而下降采六條於公桑嬪妾肅以蒞事各奉職而承筐供副禕之六服昭孝敬於蒸嘗盛華禮於中宇神化馳於八方

釋奠第三

【叙事】

禮記曰凡始立學必先釋奠于先聖先師及行事必以幣天子視學大昕鼓徵所以警衆也衆至然後天子至乃命有司行事適東序釋奠於先老夏小正曰二月丁亥萬用入學丁亥者吉日也萬者干戚舞也入學者太學也謂今時大舍音釋菜也

【事對】

尊師　貴齒　湝尼

釋奠詩曰敦書講業研幾通理尊師重道釋奠崇祀德成教倫執云不祉袁曜釋奠詩曰南序貴齒東學尚親卑躬下問降禮師臣圓冠濟濟方領恂恂

重道 **崇儒** 重道見上顏延之釋奠詩曰國上師位家崇儒門

肄業 **講藝** 袁曜釋奠詩曰肄業既終舍奠爰始韶音遞奏笙鏞間起茨夏愔愔睟容亹亹德奢弁惠陳信焉恥講藝見上

立學 **啓序** 禮記曰凡入學必先釋奠於先聖先師王僧達釋奠詩曰時泰道暢禮備樂脩啓序選俊博教深求異人鱗萃淑美雲浮師尊訓浹嘉敬載柔

祭藻 **舞戚** 禮記曰皮弁祭菜示敬道也鄭玄注曰菜芹藻之屬舞戚見叙事

肅肅 **濟濟** 王胡之釋奠表曰伏承仰遵古典以今月吉日釋奠先聖率土臣人順風載悅臣宿嬰重患不獲陪列豫覩肅肅穆穆之容仰望雲漢伏抃欣慨又傅咸皇太子釋奠頌曰亹亹皇諸希心闕里濟濟儒生侁侁胄子

陳牲 **釋菜** 李諧釋奠詩曰沛澤南朝峒山北面帝曰師氏陳牲委奠神具醉止薄言嘉宴禮記曰天子乃獻羔開氷先薦寢廟上丁命樂正習舞釋菜天子乃率三公九

卿諸侯大夫親往視之鄭玄注樂正樂官之長命舞者順萬物始出地鼓舞也將舞必釋奠先師以禮也

禮師 **尚齒** 摯虞釋奠頌曰如彼泉流不盈不運講業既終禮師釋奠升觴折俎上下惟讌邕邕其來肅肅其見何丞天釋奠頌曰乃昔孔顏夢周希虞自天由美異代同符經脩講治研幾識理道貴崇業降尊尚齒

尊追 **悅學** 潘尼釋奠頌曰留精儒術敦悅古訓尊道讓齒降心下問鏞以金聲光以玉潤如川之升如乾之運何丞天釋奠詩曰黃中宣朗徽音播越祇事昧早修禮明發明發伊何悅學崇儒願言西雍延想沂洙

深幽 **論奧** 潘尼釋奠頌曰乃延台保乃命學臣聖容穆穆侍講誾誾抽演徽言啓發道眞探幽窮頤溫故知新溫嶠釋奠頌曰敷論義奧綜析毫芒賦納以言麗辭孔彰管籥備舉和樂載揚

師臣 **胄子** 並見上

詩

宋**顏延之侍皇太子釋奠**國尚師位家崇儒門稟道毓德講藝立言俊明爽曙達義茲昏來瞻先覺顧惟後昆虞庠飾館睿圖炳睟懷仁憬集抱智睿至踵門陳書躡屩獻器濯身玄深宅心道祕正殿虛筵同分簡日

尚席函丈承疑奉職傳言稱訶惇史秉筆妙識幾音王載有述肆義芳訊大教克明敬躬祀典告奠聖靈禮屬觀盥樂薦歌笙

齊王儉侍皇太子釋奠宴詩

禮惟國幹義實人端身由業濕世以教安金鎔乃器水術伊瀾漸芳則馥履水固寒風動蒿宮雲樓叅館禮邁仁周樂超英漢神保爰格祝史斯贊爵卺既終德馨是與降晃上庠升宴東序槐宰金貞藩維玉譽時彥華萃國胄楚楚

梁任昉爲王嫡子侍皇太子釋奠宴詩

欽聖茲遠懷道茲沖踐言動俗果行移風進往一簣啓或三蒙水實因水金亦在鎔惟神知化在物立言樂正雅頌盛被後昆告奠明祀觀道聖門日月不息師表常尊

梁沈約侍皇太子釋奠宴詩

尊學尚矣道亦遐哉啓圖觀祕闡苑典才事高東序義邁雲臺哉哉德傳灼灼英台墜典必脩闕祀咸薦迴鑾獻爵摠金委奠肆士辨儀胥人掌縣髣髴神從徘徊靈睠

爲南郡王侍皇太子釋奠詩

義重師臣業貴虛受襄野順風西河杜帝表跡虧光降情迴首道御百靈神行萬有尊學尚矣繼列傳徽

旗章或舛茲道莫違自堂及室異彰同歸洋洋聖範楚楚儒衣

頌

晉傅咸皇太子釋奠頌

蒸蒸皇儲既睿且聰神而明之夫豈發蒙謙以制禮靡事不恭乃脩嘉薦于國之雍敬享先師以疇聖功壹壹皇儲希心闕里企茲良辰卜近于中光光輿服穆穆容止祗奉聖靈躬承明祀濟濟儒生侁侁胄子清酒于觴匪宴斯喜欣道之弘自今以始

陳徐伯陽皇太子釋奠頌

穆穆皇儲峩峩副主道尊上鬯德崇監撫春誦夏絃冬書秋羽漢召趍幄周朝問豎翔集禮闈逍遙義府四海無浪三階已平儲駕戾止和鑾有聲弘風講肆崇儒肅成丹書貴道黃金賤籯洙泗興業闇室增榮青便陰市玄晃飛纓

朝會第四

敘事

禮記曰天子無事與諸侯相見曰朝事謂征伐之事周禮曰春見曰朝夏見曰宗秋見曰覲冬見曰遇時見曰會殷見曰同左傳曰凡朝

以正班爵之義會以訓上下之則孟子曰諸侯
朝于天子曰述職一不朝則貶其爵二不朝則
削其地三不朝則六師移之摯虞決疑要注曰
漢制會於建始殿與晉制大會於太極殿小會於
東堂其會則五時朝服庭設金石虎賁旄頭文
衣繡尾白虎通曰凡臣見君必有贄贄者質也
致已質誠也周禮曰王執鎮圭圭畫鎮山爲飾也公執桓
圭雙植謂之桓侯執信圭信即身也謂圭上作人身伯執躬圭躬亦身也
子執穀璧穀以養人謂璧上作穀文男執蒲璧蒲者所以爲薦以安人也亦謂璧上

爲蒲草文孤執皮帛卿執羔大夫執鴈士執雉庶人執
鶩工商執雞又白虎通曰公侯以玉堂爲贄者取其燥不輕濕不重大夫以鴈爲贄者取其飛成行止
成則士以野雞爲贄者取其不可誘之以食脅之以威畢死不可畜也

事對

考績 獻功 周禮曰春朝諸侯而圖天下之事鄭玄注曰王春見諸侯則圖其事可否圖者考績之謂也左傳宣公十四年孟獻子言於公曰臣聞小國之免於大國也聘而獻物於是乎庭實旅百朝而獻功杜預注曰獻其理國若征伐之功於牧伯也

赦過 除慝 左傳曰子產相鄭伯如楚曰僑聞大適小有五美宥其罪戾赦其過失救其災敗賞其德刑教其不及周禮曰殷覜以除邦國之慝鄭玄注曰慝惡也

圖事 巡功 圖事見上左傳曰薳啓強對楚子曰朝聘有圭享覜有璋小有述職大有巡功是也

講禮 述職 左傳叔向曰明王之制使諸侯歲聘以志業閒朝以講禮再朝而會以示威再會而盟以著昭明志業於好講禮於等示威於衆昭明於神自古已來未之或失述職已見上

示威

辟進阼納觴皇恩下降休氣上翔禮畢饗謙進止有章六樂遞奏磬管鏗鏘淵淵鼓鍾嘒嘒笙簧搏拊琴瑟以詠先皇雅歌內協頌聲外揚

詩

太宗皇帝正月臨朝詩

條風開獻節灰律動初陽百蠻奉選班萬國朝未央雖無舜禹跡幸欣天地康車輿同八表書文混四方赫弈儼冠蓋紛綸盛服章羽旄飛馳道鍾鼓震嵒廊紺練輝霞色霜戟照朝光晨宵懷至理終愧撫遐荒

隋煬帝冬至乾陽殿受朝詩

北陸玄冬盛南至晷漏長端拱朝萬國守文繼百王至德慙日用化道愧時康新邑建嵩岳雙闕臨洛陽圭影正八表道路均四方碧空霜華靜朱庭曉日光纓珮既濟濟鍾鼓何[illegible]文戟翊高殿采眊分脩廊元首乏明哲股肱貴惟良舟楫行有寄庶此王化昌

隋江揔賦得謁帝承明廬詩

霧開仁壽殿雲繞承明廬輪停紺幰引馬度紅塵餘香豹拜巖袞花綬拂玄除謁帝升清漢何殊入紫虛

隋牛弘奉和冬至乾陽殿受朝應詔詩

恭已臨萬寓宸居馭八埏作貢菁茅集來朝圭巖連司儀三揖盛掌禮九賓虔重欄映如璧複殿繞非煙

隋許善心同前詩

森森羅陛衛歲歲鏘璁珩禮殫五瑞輯樂闋九功成

虞世南凌晨早朝詩

萬戶霄光曙重簷夕霧收玉花停夜燭金壺送曉籌日暉青瑣殿霞生結綺樓重門啓應路通藉引王侯

魏徵奉和正日臨朝應詔詩

百靈侍軒后萬國會塗山豈如今睿哲邁古獨光前聲教溢四海朝宗別百川鏘洋鳴玉珮灼爍耀金蟬淑景輝雕輦高旌揚翠煙庭實超王會廣樂盛鈞天既欣東戶日復詠南風篇願奉光華慶從斯萬億年

顏師古同前詩

七政璿衡始三元寶曆新負扆延百辟垂旒御九賓肅肅皆鴛鷺濟濟盛纓紳天涯致重譯西域獻奇琛

岑文本同前詩

時雍表昌運日正叶靈符德兼三代禮功苞四海圖踰沙紛在列執玉儼相趨清蹕喧輦道張樂駭天衢拂蜺九旗法儀鳳入音殊澠氣浮仙掌薰風繞帝梧天文光七政皇恩被九區方陪瘞玉禮珥筆岱山隅

楊師道同前詩

皇猷被寰宇端扆屬元辰九重麗天邑千門臨上春

李百藥同前詩

化曆昭唐典承

天順夏正百靈謍軒禁三辰楊旆旌充庭富礼樂高讌齒簪纓獻壽符万歲移風韻九成

張文琮同潘屯田冬日早朝詩 假寐懷古人夙興瞻曉月通晨禁門啓冠蓋趍朝謁霜露清九衢霞光照覆闕紛綸文物紀渙爛声明發腰劍動陸離鳴玉和清越

頌 岑文本三元頌 攝提改度孟陬順紀歸餘既終獻歲方始乃詔司存命掌故考憲章脩法度三朝之礼畢陳九賓之儀咸具庭燎晃以飈夆明燈曄以星布尔乃月正元日節應勾芒浮祥煙而泛佳氣闢閶闔而敞德陽虞賓光於列位呼韓厠於班行百寮濟濟万国皇皇腰金鳴玉執贄奉璋內自畿甸外被要荒輪賝王會納貢職方司儀之職无替臚人之列有章既伸睠於宸極亦矯首於岩廊猶川流之歸海若湛露之晞陽張崇牙設柷敔陳鼎實列樽俎桂柆肅而爲衛戈鋋森以齊夆五輅接軫九旗揚旆羽盖葳蕤雲車晻藹發声明於文物備威儀於冠帶

饗讌第五

敘事 周禮曰饗宴之禮所以親四方之賓客韓詩外傳曰不脫屨而即席謂之禮下跣而止謂之宴能飲者飲不能飲者止謂之醧閉門不出客謂之湎毛詩序曰鹿鳴宴群臣嘉賓也棠棣宴兄弟也湛露天子宴諸侯也

事對 賦湛露 歌大風 左傳曰衛甯武子來聘公与之宴爲賦湛露漢書曰高祖十二年擊英布還過沛留置酒沛宮悉召故人父老子弟佐酒發沛中凡百二十人教之歌酒酣上自擊劍歌曰大風起兮雲飛揚威加四海兮歸故鄉安得猛士兮守四方

洪恩 渥惠 荀勗從武帝華林園宴詩曰習習春楊帝出乎震天施地生以應仲春思文聖皇順時秉仁欽若靈則飲御嘉賓洪恩普暢慶及衆臣牽秀宴曜武堂詩曰沐浴洪流飲服清芳將結微根求睎朝陽恭承渥惠庶无忘荒

芳饌 甘醴 潘尼詩曰聖朝命方岳瓜牙司北鄰皇儲延篤愛設饌送遠賓誰應今日

宴其帷廊廟臣置酒宣猷庭擊鼓靈沼濱羽觴飛鄗淥芳饌備奇珎劉楨詩曰昔我從元后整駕至南鄉過彼豊沛都与君共翺翔衆賓咸會坐明燈熺炎光清歌製妙声万舞在中堂金罍含甘醴羽觴行无方

金罍 **玉觴** 金罍見上甘醴注中魏文帝詩曰清夜延賓客明燭發高光豊膳漫星陳旨酒盈玉觴

華樽 **羽爵** 傅玄詩曰鸞鳥睎鳳皇望舒継白日千秋講嘉會來升君子室華樽享清酤珎肴目盈溢魏文帝詩曰良辰啓初節高構極歡娛遹天拂景雲俯臨四逵衢羽爵浮象樽珎膳盈豆區

布惠 **發德** 阮瑀詩曰陽春和氣動賢主以崇仁布惠綏人物降愛常所親上堂相娛樂中外奉時珎五味風雨集杯酌若浮雲礼記曰莫酬而工升歌發德也鄭玄注曰以詩之義發明賓主之德

嘉宴 **樂飲** 王齐從事林園詩曰脩晉灑鱗大庖妙饌物以時序情以化宜終溫且克有肅初筵嘉賓在茲千祿永年傅玄宴會詩曰日月之既逝情亦既渥賓委餘歡主容不足樂飲今夕溫其如玉

明貴賤 **觀威儀** 礼記曰諸侯宴礼之義俎豆牲躰薦羞皆有等差所以明貴賤也左傳曰衛侯饗苦成叔

甯惠子相成叔傲甯子曰苦成叔家其亡乎古之爲饗也以觀威儀省禍福也今夫子傲取禍之道也

親賓客 **宴朋友** 周礼曰以饗宴之礼親四方之賓客來朝聘王爲設饗宴之礼以親之也毛詩曰伐木宴朋友故舊也自天子至於庶人未有不須友以成者也親親以睦友賢不弃故舊不遺則民德帰厚矣

籩豆踐 **樽俎陳** 毛詩曰我覯之子籩豆有踐張華詩曰聽朝有暇延命群臣冠盖雲集樽俎星陳

賦

魏曹植娛賓賦 遂衎賓而高會丹帷曄以四張辨中厨之豊膳兮作齐鄭之妍倡文人騁其妙說兮飛輕翰而成章談在昔之清風揔賢聖之紀綱欣公子之高義兮得芬芳其若蘭楊仁恩於白屋兮踰周公之弃餐聽仁風而忘憂兮美酒清而肴乾

晉王沉宴嘉賓賦 朝陽曜景天氣和平君臣合德礼儀孔明酌羽觴以交歡兮接敬恭以中誠嘉膳備其八珎兮絲竹献其妙声樂周徧舞金奏克諧鍾儀之聽南風是哀義感君子慨然永懷思我王度求福不回惟礼終而贊退兮實繫心乎玉階

晉成公綏延賓賦 延賓命客集我友生高談清宴講道研精

闠闠侶侶娛心肆情

隋薛道衡宴喜賦 梁孝王帝子帝孫藉寵承恩名高西漢禮盛東蕃引雍容文雅之客坐檀欒脩竹之園水逶迤而繞砌風清冷而入軒直凝神而迴矚乃惆悵而興言顧謂枚乘曰予聞氣序環周人生井浮補天立地之聖不能止日光西落蹠山奠川之力不能停河水東流韓王酸棗之觀荒蹤蕪漫楚國陽雲之臺空見塵埃固可以縱志縱心以遊以逸窮宴樂於長夜混是非而爲一于時霜重庭蘭秋深氣寒橫長河之耿耿挂孤月之團團乃有丹墀縹壁柘館椒宫徘徊宛轉掩映玲瓏妖姬淑媛王見花叢織女下而星落姮娥來而月空澄粧影於歌扇散衣香於舞風圖雲刻雷之樽漬桂釀花之酒拭珠灑於羅袂傳金杯於素手

詩 太宗皇帝春日玄武門宴羣臣詩 韶光開令序淑氣動芳年駐輦華林側高宴栢梁前紫庭文樹滿丹墀衮紱連九夷造瑤席五狄列瓊筵娛賓歌湛露廣樂奏鈞天盈樽浮綠醑雅曲韻朱絃粤余君萬國還慙惣入埏庶幾保貞固虚已厲求賢

又置酒坐飛閣詩 高軒臨碧渚飛簷迥架空餘花攢漏檻殘柳散雕櫳岸菊初含蘂園棃始帶紅

莫慮崑山暗還共盡杯中

又冬宵各爲四韻 雕宫静龍漏綺閣宴公侯珠簾燭燄動繡柱月光浮塵起將歌發風停與管遒瑣池任多士端扆更何憂

古詩曰 今日良宴會歡樂難具陳彈箏奮逸響新聲妙入神

漢應瑒詩 巍巍主人德嘉會被四方開館延羣士置酒于新堂辯論釋鬱結援筆興文章穆穆衆君子好合同歡康

魏文帝於講堂作詩 今日樂相樂酣飲不知醉悲箏激新聲長笛吐清氣

又於醮作詩 清夜延貴客明燭發高光豐膳漫星陳旨酒盈玉觴絃歌奏新曲遊響拂丹梁餘音赴迅節慷慨時激揚獻酬紛交錯雅舞何鏘鏘羅纓從風飛長劍自低昂

魏曹植詩 公子敬愛客終宴不知疲清夜遊西園飛蓋相追隨明月澄清景列宿正參差秋蘭被長坂朱華冒綠池潛魚躍清波好鳥鳴高枝神飈接丹轂輕輦隨風移

梁劉孝綽陪徐僕射勉宴詩 大君追宴喜十日遍來過築室華池上開軒臨芰荷方堂交密篠對霤接繁柯景移林攺色風去水餘波洛城雖半掩愛客待驪歌

又侍宴同劉

公幹應令詩　副君西園宴陳王謁帝歸列位華池側文雅縱橫飛小臣輕蟬翼俛勉謬相追置酒陪朝
日淹留望夕霏　梁庾肩吾侍宴宣猷堂應令詩　副君德將舉陳王才揆天
歸來宴平樂置酒對林泉爐香雜山氣殿影入池蓮艷舞時移節新歌屢上絃聽曲慙迴顧思[redacted]徒欲眠　北齊魏
收月下秋宴詩　此夕[redacted]言宴月照露[redacted]使星疑向蜀劒氣不關吳良交契金水上客慰萱蘇何必
應劉輩還來遊鄴都　北齊楊訓羣公高宴詩　中郎敷奏罷司隸坐朝歸開筵引貴客饌
玉對春暉塵起金吾騎香逐令君衣綠酒犀爲椀鳴琴寶作徽寸陰良可惜千金本易揮　陳後主晚宴
文思殿詩　晚日落餘暉宵園翠蓋飛荷影侵池浪雲色入山扉螢光息復起暗鳥去翻歸樂極未言醉杯
深猶恨稀　又宴詹事陸繕省詩　禁闥九重中宴賞三春日雲收山樹隱葉長宮槐密水綠
已浮苔花舒正含實　又入隋侍宴應詔詩　日月光天德山河壯帝居太平無以報願上登

封書　隋江揔秋日侍宴婁湖苑應詔詩　翠渚還鑾轄瑤池命羽觴
千門響雲蹕四澤動榮光玉軸昆池浪金[redacted]太液張紅旗照島嶼鳳蓋繞林塘野靜重陰闊淮秋水氣涼霧開樓闕近日逈煙
波長洛宴諒斯在鎬飲詎能方朽劣叨榮遇簪笏奉周行　隋沈君道侍皇太子宴
應令詩　副君監撫暇禁苑暫停車水落金沙淺雲高玉葉踈隨廚白羽駕逐釣紫鱗魚飽德良無已榮陪終
宴餘　隋劉端和初春宴東堂應令詩　膺賞叶春芳開筵臨畫堂庭梅
飄早素簷柳變初黃入弥羅玉俎九醖湛金觴箏響流飛閣歌塵落妓行何必西園夜空承明月光　虞世南侍
宴賦韻得前應詔詩　芬芳禁林晚容與桂舟前橫空一鳥度照水百花燃綠野明斜日青
山簷晚煙濫得陪終宴握管類窺天　杜正倫侍宴北門詩　大君端扆暇睿賞狎林泉開軒
臨禁籞藉野列芳筵參差歌管颺容裔羽旗懸玉池流若醴雲對聚非煙湛露晞堯日薰風入舜絃大德侔玄造微物荷陶甄

謬陪瑶水宴乃貺栢梁篇闕名徒上月鄒辨記談天既喜光華旦遡傷遲暮年猶奠升中日簪裾奉肅然

薛曜正夜侍宴應詔詩 重闕鐘漏過夕敞鳳皇宮雙日祥煙裏千門明月中酒筵浮湛露歌曲唱流風侍臣咸醉止恒慙恩遇崇

魏元忠侍宴銀潢宮應制詩 別殿秋雲上離宮夏景移寒風生玉樹涼氣下瑶池暫花仍吐葉嵒木尚抽枝願奉南山壽千秋長若斯

杜審言蓬萊三殿侍宴奉勑詠終南山應制詩 北斗挂城邉南山倚殿前雲摽金闕迥樹杪玉堂懸半嶺通佳氣中峯繞瑞煙小臣待獻爵長此戴高天

蘇瓌興慶池侍宴應制詩 金闕平明宿霧收瑶池式宴仰清流瑞鳳飛來隨帝輦祥魚出戲躍王舟惟齊緑樹當筵密蓋轉緗荷接岸浮如臨竊此微臣懼若濟叨陪聖主遊

劉憲奉和春幸望春宮應制詩 暮春春色最便妍苑裡花開列御筵商山積翠臨城起滻水浮光共幕連鶯藏嫩葉歌相喚蝶嬈芳叢舞不前歡娛節物今如此願奉宸遊億萬年

馬懷素興慶池侍宴應制詩 積水逶迤繞貝城含虛皎鏡有餘清圖雲曲榭連緹幕映日中塘勝綵旌賞洽猶聞簫管並歡留更睹木蘭輕無勞海上尋仙客即往蓬萊在帝京

冠第六

叙事 禮記曰二十而弱冠郊特牲曰冠於阼以著代也醮於客位加有成也三加彌尊諭其志也冠而字之敬其名也 始加緇布次皮弁次爵弁冠益尊列忠益大也 冠義曰冠者禮之始也嘉事之重也凡冠卜日筮賓於廟見於母母拜之見於兄弟兄弟拜之 以其成人而與爲禮 故冠而後服備服備而後容體正顏色齊辭令順 言服未備未可求以言三加也 左傳曰國君十五而

生子冠而生禮也 **事對** 筮門冠阼 儀禮曰二冠禮筮于廟門鄭玄
注曰筮者問日吉凶於易也冠必筮日於廟門者重成人之禮
儀禮冠義曰始冠緇布之冠也太古冠布齊則緇之其緌也孔
子曰吾未之聞也冠而敝之
可也嫡子冠於阼以著代也 順德 敬名 儀禮曰士冠禮始加祝曰令月
吉辰始加元服棄爾幼志順爾成德壽考惟介爾景福再加
曰吉月令辰乃申爾服敬爾威儀淑慎爾德眉壽萬年永受遐
福禮記曰冠而
字之敬其名也 成德 諭志 儀禮曰士冠禮三加曰以歲之正以月之令咸加爾服兄
弟具在以成厥德黃耇
無疆受天之慶下見上 一獻 三加 儀禮曰冠者見於兄弟兄弟再拜冠者答
拜見贊者西而拜亦如之入見姑姊如見母乃易服玄端爵弁
奠贄見小君遂以贄見于鄉大夫鄉先生乃醴賓以一獻之禮
主人酬賓束帛
儷皮三加見上 正體 飾容 禮記曰凡人之所以爲人者禮義也禮義之始在於正容
體齊顏色順辭令也故曰冠者禮之始也應亨贈四王冠
詩曰令月惟吉日盛服加元首人咸飾其容鮮能離塵垢 卜

日 筮賓 禮論云王彪之以爲禮冠自卜日不必三元也又禮夏冠用葛屨冬冠用皮屨明無定時也儀禮曰
宗人告事畢主人戒賓賓禮辭許主人再拜賓答拜前期
三日筮賓如求日之儀鄭玄注云筮賓筮可使冠子者 節
金石 陳鼎俎 左傳曰襄公九年晉會諸侯伐鄭公送晉侯晉侯以公宴于河上問公年季武子對
曰會于沙隨之歲寡君以生晉侯曰十二年矣是謂一終一星
終也國君十五年而生子冠而生子禮也君可以冠矣大夫盍
爲冠具武子曰君冠必以祼享之禮行金石之樂節之以先君
之祧處之今寡君在行未可具也請及兄弟之國而假備焉東
觀漢記曰馬防子鉅爲常從小侯六年正月齊宮中上
欲冠鉅夜拜爲黃門郎御章臺下殿陳鼎俎自臨冠也 敬威
儀 齊顏色 並見上 **詩** 後漢應亨贈四王冠詩 永平
四年外弟王景系兄弟四人並冠故貽之詩曰濟濟四令弟妙
年踐二九令月惟吉日成服加元首寘兕觥爵杯醮傳旨酒
頌 後漢黃香天子冠頌 以三載之孟春建寅月之上
旬皇帝將加玄冕簡甲子之

元辰厥日王於太𤿎厥時叶於百神既臻廟而成禮乃迴軫而反宮正朝服以享宴撞太簇之庭鍾祚蕃屛而鼎轄暨夷裔之君王咸追酌千金罍獻萬年之玉觴

【表】宋孝武帝建平王宏冠表 宏筮辰協吉撰禮備容資比成德允被休典

又廣陵王誕冠表 臣誕年禮既升擇休申冠順弃有成服美任典

【文】梁沈約冠子祝文 蠲茲令日元服肇加成德既舉童心自化行之則至無謂道賒敦以秋實食以春華無恥下問乃致高車子孫千億廣樹厥家

婚姻第七

【叙事】周禮太宗伯職曰以昏冠之禮親成男女 親其恩成其性 禮記曰合二姓之好上以事宗廟下以繼後世也又曰夫婚禮萬代之始也娶於異姓所以附遠厚別也又曰男子五十而室女三十而嫁謂中古也 束晳論曰男十六可娶女十四可嫁 昏禮曰壻執鴈而入再拜奠鴈壻出御婦車授綏輪三周共牢而食合巹 謹 而酳 音澎 又曰婦人年十五許嫁笄而禮之白虎通曰婚者謂昏時行禮故曰婚姻者婦人因夫故曰姻 爾雅曰壻之父母曰姻婦之父母曰婚又釋名曰婚者昏時成禮凡姻者女婣也三說互有異同 儀禮婚有六禮納采 鄭玄注曰將爲婚必先媒通其言乃後使人納其采擇之禮用鴈爲摯取其陰陽往來之義也 問名 鄭玄注曰問名者將婦卜其吉凶 納吉 鄭玄注曰卜於廟得吉兆復使往告婚姻之事於是定也 納徵 白虎通曰納徵用玄纁不用鴈 請期 鄭玄注曰陽倡而陰和曰宜由夫家卜得吉日乃使人往辭之 親迎 其納采問名請期並用鴈也

方言曰自家而出謂之嫁公羊傳曰婦人謂嫁
曰歸考工記曰天子以穀圭聘女諸侯以大璋
聘女 穀圭七寸鄭玄曰謂納徵加於束帛 禮記曰男女非有行媒不
相知名 鄭玄曰媒之言謀也謀合異類使和成也 事對 合好 和成 並見上
附遠 厚別 附遠見叙事禮記曰娶妻爲酒食以召鄉黨僚友以厚其別 待禮 備
物 毛詩曰綢繆束薪三星在天毛萇傳曰三星參也在天始見東方男女待禮而成若薪蒭待人事而束也列女傳曰
邵南申女許嫁而夫家禮不備女曰夫家輕我一物不備守節持義必死不往 親成 判合 親成見叙
事周禮媒氏職曰掌萬民之判注曰判半也得偶合成夫婦 委禽 納幣 左傳曰鄭徐吾犯之妹美
公孫楚聘之子晳使強委禽焉又崔駰婚禮文曰載
納嘉贄內結鞶褵委禽奠鴈配以鹿皮納幣見叙事 結帨

施鞶 皇甫謐女怨詩曰婚禮既定婚禮臨成施衿結帨三命丁寧春秋穀梁傳曰女嫁諸母施鞶紳戒曰謹慎從爾
父母之言徐邈注曰鞶佩囊也紳帶也諸母爲施佩帶又戒之也 結褵 施袵 毛詩曰東山篇曰親
結其褵九十其儀傳曰褵婦人之褘禪香纓也女將嫁母結褵而戒之也施袵見上 百兩 三周 毛詩
曰之子于歸百兩御之毛萇傳曰兩乘也諸侯之子嫁于諸侯送迎皆百乘也三周見叙事 御輪 秣馬
御輪見叙事毛詩曰之子于歸言秣其馬毛萇傳曰之子者是子也謂女嫁適夫之時 宋子 齊姜 毛詩
衡門篇云豈其娶妻必宋之子豈其娶妻必齊之姜鄭玄箋云
何必大國之女然後可妻取其貞順而已以論在臣何必聖人
取其誠孝而已朱子姓齊姜姓 辭父母 遠兄弟 丁儀婦賦曰惟女子之有行信異代之彝倫辭
父母而言歸奉君子之清塵毛詩泉水篇云女子有行遠父母兄弟鄭玄箋云婦人有出嫁之道遠於親故禮緣人情使得歸
寧也 執巾櫛 備埽灑 左氏傳曰晉太子圉爲質於秦將送歸謂嬴氏曰與子歸乎對曰子晉太

子而云於秦子之欲歸不亦宜乎寡君之使婢子侍執巾櫛以固子也從子而歸弃君命也不敢從亦不敢言杜預注曰嬴氏秦所妻子圉懷嬴也婢子婦人之卑稱礼記曰納女於天子曰備百姓於国君曰備酒漿於大夫曰備埽灑鄭注云納女猶致女也壻不親迎則女之家遣人致之此其辝也姓之言生也

共牢而食　合卺而酳 礼記昏義曰共牢而食合卺而酳謹案共牢是同一牲骵合卺是取一瓢断而爲兩杯以酌酒酳飲酒也

男女以正　父子以親 毛詩曰男女以正婚姻以時礼記婚義曰婚礼所以成男女之别而立夫婦之義也男女有别而後夫婦有義夫婦有義而後父子有親父子有親而後君臣正故曰婚者礼之本也

三日不舉樂　三夜不息燭 礼記曾子問曰娶婦之家三日不舉樂思嗣親也嫁女之家三夜不息燭思相離也

仲春成婚　霜降送女 周礼媒氏職曰仲春之月會合男女鄭玄注云仲春陰陽交以成婚礼順天時也董仲舒論曰聖人以男女陰陽其道同類天道向秋冬而陰氣結向春夏而陰氣去故曰霜降而送女冰泮而止殺

皆以秋冬　必用昏昕 聖證論曰嫁娶古人皆以秋冬毛詩曰東門之楊其葉牂牂毛萇傳曰男女失時不逮秋冬也儀礼昏礼曰凡行事必用昏昕鄭玄注曰用昕使也用昏壻也謹案遣使行玄纁言礼必用昕時親迎乃用昏時

賦

後漢蔡邕協初婚賦 惟情性之至好歡莫偉乎夫婦受精靈之造化固神明之所使事深微以玄妙寔人倫之端始考遂初之原本覽陰陽之綱紀乾坤和其剛柔艮兊感其脢■葛覃恐其失時摽梅求其庶士惟休和之盛代男女得乎年齒婚姻協而莫違播欣欣之繁祉良辰既至婚礼以夅二族崇飾威儀有序嘉賓僚黨祈祈雲聚車服照路驂騑如舞既臻門屏結軌下車阿傅御豎鴈行蹉跪麗女盛飾曄如春華

晉張華感婚賦 方今歲在巳巳將次四仲婚姻之者競赴良時粲麗之觀相繼於路嫁娶之會不乏乎日乃作感婚賦曰彼婚姻之俗忌惡當梁之在斯逼來年之且至迨星紀之未移云云

詩

唐高宗皇帝太子納妃太平公主出降詩 龍樓光曙景魯館啓朝扉艶日濃粧影低星降婺暉玉庭

浮瑞色銀牓藻祥徽雲轉花縈蓋霞飄華綴旗雕軒回翠陌皁駕歸丹殿鳴珠珮駈衣鏤璧輪開扇華冠列綺筵蘭醑中芳宴環階鳳樂陳玳席珎羞薦舞蝶神香新歌分落素塵歡凝歡懿戚慶叶慶初烟暑闌炎氣息涼早吹[redacted]方期六合泰共賞万年春

後漢秦嘉述婚詩

羣祥既集二族交歡敬茲新姻六礼不愆羊鴈揔備玉帛戔戔君子將事威儀孔閑猗兮容兮穆矣其言

又曰

紛紛婚姻禍福之由衛女興齊褒姒減周戰戰兢兢懼其不仇神啓其吉果獲令攸我之愛矣荷天之休

晉張華感婚詩

駕言遊東邑東邑紛穰穰婚姻及良時嫁娶避當梁窈窕出閨女嬿婉姬与姜素顔發紅華美目流清暘韡燁衆親盛於我猶若常譬彼暮春草榮華不再陽

晉嵇含伉儷詩

余執百兩禮之子詠采蘩我怜聖善色尒悦慈姑顔裁彼雙絲絹著於同功綿夏搖比翼扇冬坐蛩蛩氊飢食並根粒渴飲一流泉朝蒸同心[redacted]暮庖比目鮮挹用合巹醑受以連理盤朝採同本芝夕掇騈穗蘭臨軒種萱草中庭稚合歡

梁何遜看新婚詩

霧夕蓮出水霞朝日照梁何如花燭夜輕扇掩紅粧何

裛人以灼灼席上自生光所悲高駕動環珮出長廊

陳周弘正看新婦詩

莫愁年十五來聘子都家壻顔如美玉婦色勝桃花帶啼疑暮雨含笑似朝霞暫却輕紈扇傾城判不賒

楊師道初宵看婚詩

洛城花燭動戚里畫新蛾隱扇羞應慣含情愁已多輕啼濕紅粉微睇轉橫波更笑巫山曲空傳暮雨多

褚亮詠花燭詩

蘭逕香風滿梅梁暖日斜言是東方騎來尋南陌車靨星臨夜燭眉月隱輕紗莫言春梢晚自有鎮開花

陳子良七夕看新婦隔巷停車詩

隔巷遥停幰非復爲來遲只言更尚淺未是渡河時

鄭翼看新婦詩

初笄競桃李新粧應標梅疑逐朝雲去翻隨暮雨來雜珮含風響叢花隔扇開姮娥對此夕何用久徘徊

李百藥戲贈潘徐城門迎兩新婦詩

秦晉稱舊疋潘[redacted]有世親三星宿已會四德婉而嬪雲光鬢裏薄月影扇中新年華与粧面共作一芳春

鄭軌觀兄弟同夜成婚詩

棠棣開雙萼夭桃照兩花

房合珮響隔扇■粧華迎風俱似雪聯綺共如霞今宵二神女併在一仙家郭正一奉和太子

納妃公主出降詩 桂宮初服昴蘭掖早升笄礼盛親迎晋声芬出降斉金龜開瑞鈕宝翟上仙枝轉扇承宵月揚旌照夕蜆

劉禕之同前詩 夢梓光青陛穠桃藹紫宮德優宸念遠礼備国姻崇万戸声明發三條■吹通香輪送重景綵旆引仙虹

元萬頃同前詩 离■應春夕帝子降秋期鳴瑜合荐響比玉麗穠姿和声蹐鳳掖交影步鸞墀

任知古同前詩 帝子升青陛王姫降紫宸星光移雞珮月彩薦重輪龍旌翻地杪鳳管颺天濵槐陰浮浅瀬葆吹翼輕塵

箴 晉摯虞新婚箴 先王制礼隨時爲正俯從企及豈垂物性女有二歸男有再聘女實存色男實存德德在居正色在不惑新舊兼弘義申理得然性情之際誠難處心君子適慮爰献明箴

死喪第八

敘事 劉熙釋名云死者澌也消澌也諸

侯曰薨薨壞聲也大夫曰卒言終竟也士曰不禄不復食禄也又以死爲物故言諸物皆朽故也既定死曰尸尸舒也骨節舒解不能復自勝斂也禮記曰生曰父死曰考考成也生曰母死曰妣妣比也言比父亦然壽考曰卒短折曰不禄死冠曰兵男子不死於婦人之手婦人不死男子之手君夫人卒於路寢大夫世婦卒於適寢内子未命則死於下室士之妻皆死于寢小臣復復者朝服君以卷夫人以屈狄大夫以玄赬命婦以襢衣士

以爵弁士妻以稅衣凡復男子稱名婦人稱字春秋說題辭曰口實曰啥象生時食也天子以珠諸侯以玉大夫以璧士以貝禮記喪大記曰衣尸曰斂小斂於戸内大斂於阼君以簟席大夫以蒲席士以葦席白虎通曰尸在牀曰尸在棺曰柩柩究也不復變也說文曰棺關也可以掩屍又曰櫬又曰櫝小棺曰槥禮記曰有虞氏瓦棺夏后氏堲周（堲子逸反）殷人棺槨周人牆置翣釋名云送死之器曰明器神明之器異於人也白虎通曰賻助也賵者赴也所以助生送死追思終副至意也貨財曰賻車馬曰賵玩好曰贈衣被曰襚（貨財曰賻亦見公羊）贈之爲言稱也襚之爲言遺也春秋說題辭曰知生則賻知死則賵又穀梁傳曰乘馬曰賵衣服曰襚貝玉曰啥錢財曰賻

事對

氣散　形存（莊子曰人之生氣之聚也聚則生散則死王充論衡曰人死猶火之滅也人病且死与夫火之且滅無異火滅光消而燭在人死精亡而形存）**數盡　物故**（家語曰哀公問孔子曰人之命与性何謂乎孔子對曰分於道謂之命形於一謂之性化於陰陽象形而發謂之生化窮數盡謂之死故命者性之始也死者生之終也有始則必有終也劉熈釋名曰凡五材膠漆陶冶皮革乾■乃成也漢已來謂死爲物故言其諸物皆就朽故）

氣滅　精盡王充論衡曰王莽之時省五經博士弟子夜定舊說死於燭下精思不任脉絕氣滅也楊
泉物理論曰人含氣而生精盡而死死猶澌也滅也譬如火焉
薪盡而火滅則无光矣故滅火之餘无遺炎矣人死之後无遺
蒐矣人所不免　物之自然史記曰范雎說秦昭王曰夫以烏獲任鄙之力孟賁慶忌
夏育之勇焉而死死者人之所不免漢書文帝遺詔曰朕聞之
盖天下萬物之萌生靡不有死死者天下之之理物之自然奚
足甚哀忽然長逝　隱然長寢傅玄四言詩曰忽然長逝火滅煙消曹植髑髏詩曰
罕落冥寞与道相駘隱然長寢其樂无踰爲一棺土　託萬鬼隣淮南子云吾生有七
尺之形死有一棺之土又陸機王侯挽歌辞曰昔居四人宅今託万鬼隣璵璠斂　貝玉唅孔子
家語曰季平子卒將以君之璵璠斂贈以珠玉孔子聞之曰送
死以宝玉是由暴屍於中原示人以姦利之端左氏傳曰會吳
伐齊陳子行命其徒具唅玉杜預注曰唅玉示必死說驂而賻　祭服以襚礼記檀弓曰孔

子之衛遇舊館人之喪入而哭之哀出使子貢說驂而賻之鄭
玄注曰賻助喪用也騑馬曰驂檀弓又曰衛有太史曰柳莊寢
疾公曰若疾革雖當祭必告公再拜稽首請於尸曰有臣柳莊
也者非寡人之臣社稷之臣也聞之死請往不釋服而往遂以
襚之鄭玄注曰不脫君祭服以襚臣親賢也

賦

漢張衡髑髏賦死爲休息生爲役勞冬水
之凝何如春水之消榮位在身不以輕於塵毛巢許所耻伯成
所逃況我已化与道逍遥离朱不能見子野不能聽堯舜不能
賞桀紂不能刑虎豹不能害劒戟不能傷以陰陽同其流以元
氣合其朴以造化爲父母以天地爲牀褥以雷電爲鼓扇以日
月爲燈燭以雲漢爲川池以星辰爲珠玉合躰自然
无情无欲澄之不清淈之不濁不行而至不疾而速晉呂安
髑髏賦全膚消滅白骨連翩四支摧藏於草莽孤蒐悲悼乎黃泉生則歸化明則反昏格于上下何物不然
晉陸士衡大墓賦諒歲之揮霍豈人生之可量知自壯而得老躰自老而得亡顧黃壚之杳
杳悲下泉乎采翳翳挫千乘猶一毫當何數乎知惠徒假願於
須臾指夕景而爲誓忽呼吸而不振奄神徂而形斃顧万物而

遺恨收百慮而長逝 宋鮑昭傷逝賦 晨登南山望彼中阿露團秋槿風卷寒蘿淒淒傷心悲如之何
晝若窮煙離若斷絃如影滅地由星霣天棄華室於明世閉金扃於下泉氷山何以自畢恥千齡而弗旋思一言於向時邈衆
代之古年 **詩** 後漢阮瑀七哀詩 丁年難再遇富貴不重來良時忽一過身體爲土灰冥冥
九泉室漫漫長夜臺身盡氣力索精魂靡所能嘉肴設不御旨酒盈觴盃 晉張載七哀詩 北邙何纍
纍高陵有四五借問誰人墳皆云漢代主恭文遙相望原陵鬱膴膴季葉喪亂起盜賊如豺虎毀壞過一抔便房啓幽戶珠匣
離玉體珎寶見 宋吳邁遠臨終詩 傷歌入松路斗酒望青山誰非一丘土參差前後間
劉元濟見道邊死人詩 淒京徒見日冥寞詎知年寃兮不可問應爲直如絃

葬第九

敘事 禮記曰葬也者藏也藏也者欲人弗得見也左傳曰天子七月而葬同軌畢至諸侯

五月同盟至大夫三月同位至士踰月外姻至釋名曰葬不如禮曰埋埋痗也趨使腐朽而已不得埋曰棄不得其尸曰捐捐於他境葬下棺曰窆左傳作翔悲斂反禮記曰君葬用輴四綍二碑御棺用羽葆大夫葬用輴二綍二碑御棺用茅士葬用車二綍無碑白虎通曰祖載者始載於庭乘軸車辭祖禰故曰祖載釋名曰從前引曰紼紼發也發車使行也紼音弗周禮作綍 杜預要集曰凡挽天子六綍諸侯四大夫三士二

事對 丹鳥 青鳥 王子年拾遺記曰舜葬蒼梧之

野有鳥如丹雀自丹洲而來吐五色之氣氛氳如雲名曰憑霄雀能群飛銜七以成丘墳相冢書曰青鳥子稱山三重相連名連傘山葬之二千石

馬鬣 **龍耳** 禮記曰孔子之喪有自燕來觀者舍於子夏氏子夏曰聖人之葬人與人之葬聖人也子何觀焉昔夫子言曰吾見封之若堂者矣見若防者矣見若覆夏屋者矣見若斧者矣吾從若斧者焉馬鬣封之謂也相冢書曰凡葬龍耳者當貴出五侯

金鳧 **玉匣** 三輔故事曰秦始皇葬驪山起墳高五十丈下周三泉周迴七百步以明月珠為日月人魚膏為燈燭水銀為大海金銀為鳧鴈西京雜記曰漢帝及侯王送葬者皆珠襦玉匣形如鎧甲連以金縷匣上皆鏤以蛟龍鸞鳳龜麟之象時謂交龍玉匣

防山 **欒水** 史記曰魯襄公二十年而孔子生生而叔梁紇死葬於防山在魯東田是孔子疑其父墓處呂氏春秋曰昔王季歷葬於渦水之尾來水齧其墓見棺之前和文王曰譆先君必欲一見羣臣百姓也天故使明水見之於是出而為之張朝百姓皆見之

樹碑 **開隧** 周裴汝南先賢傳曰周燕三少卿爲決曹掾平因罪不當死大守劉虔欲殺之燕犯顏諫至于九後虔怒竟殺之後死者家人有書稱寃使覆考虔見燕曰太平相負燕一日引私隱陷人之罪傳詣長安當下蠶室未至燕乃慷慨絕命者是葬王城之隱樹碑以旌其葬謝綽宋拾遺録曰桓温葬姑熟之青山平墳不為封域於墓傍開隧立碑故謬其處令後代人不知所在

玉棺 **石椁** 應劭風俗通曰鄴縣令王喬天下一玉棺於廳前喬謂曰天帝召我沐浴寢其中葬於城東趙曄吳越春秋曰吳王闔廬有女自殺闔廬痛之甚葬於邪西昌門外鑿池為池積土為山文石為棺椁

魚燈 **龍匣** 並見上

北邙 **南嶺** 西京雜記曰安定■眞善筭術成帝時眞嘗自筭其年七十三至期果死又曰北邙青隴上孤檟之西四丈所鑿之七尺吾葬地也眞死依言往掘得古時空椁即以葬焉又曰■敞在吳章門下章後見殺令無敢收葬者敞稱章弟子收葬其尸平陵人為立碑於吳章葬側章葬於龍首山南嶺上

旌車 **羽葢** 傳暢晉公卿禮秩曰時進薨遺詔者監護軍喪事賜東園祕器五時朝服各一具衣一襲給青徘徊赤耳車挽歌四十人方相車建七流車銘旌車丁孚漢官儀曰孝靈皇帝葬馬貴人贈步揺赤

綴青羽蓋駟馬也
飾輤　設旐礼記曰其輤有裧緇布裳帷素錦以爲屋而行鄭玄曰輤載柩將殯
之車飾也又曰孔子之喪公西赤爲志焉飾棺牆置翣設披周也設崇殷也綢練設旐夏也**四寸之棺**
五寸之椁礼記檀弓有子曰夫子制於中者四寸之棺五寸之椁以斯知不欲速朽也**朱器**
畫棺東觀漢記梁商傳云商薨賜東園轜車朱壽器銀鏤黃玉匣謝承後漢書曰和帝追封謚皇太后父梁松爲褒
親愍侯改殯賜東園畫棺玉匣衣衾**止柩就道　止哭聽變**礼記曰曾子問曰葬引至于堩
日有食之則有变且不行乎孔子曰昔吾從老聃助葬於巷黨及日而日有食之老聃曰丘止柩就道右止哭以聽变一旣明
反而後行曰礼也鄭玄注曰堩道也变謂異礼也**下不及泉　上無通臭**墨子曰古
者聖人制爲葬埋之法桐棺三寸足以朽躰衣衾三領足以覆惡昔堯北孝八狄道死南巳之市禹東教於越葬於會稽山下
不及泉上无通臭三王豈財用不足哉以爲葬埋之法**藉以黃壤　葬以土藏**范曄

後漢書曰趙咨將終告其故吏朱祗蕭建等曰薄斂素棺藉以黃壤欲令速朽且歸后土不聽子孫改之又楚国先賢溥曰韓
曁終遺言曰夫俗奢易之以儉儉則節之以礼若曹歐聽吾言斂以時服葬以土藏穿畢便葬送以瓦器**施玉匣**
埋琀寶吕氏春秋曰含珠鱗施今葬皆用之注曰含珠口實鱗施施玉匣於死者之躰如魚鱗潛夫論
曰生不極養死乃崇喪或至金縷玉匣致藏埋琀宝耦人馬車造起大冢閣樹松柏**駟馬不行　大**
鳥徐步博物志云漢滕公夏侯嬰死送葬至東都門外駟馬不行掊地悲鳴即掘馬跡下得石椁其銘云佳城鬱
鬱三千年見白日于嗟滕公居此室乃葬斯地謂之馬冢華嶠後漢書曰楊震爲太尉中常侍樊豊驕恣震常切諫由是共譖
震罷遣歸[redacted]郡遂仰鴆薨葬日有大鳥來止停樹[redacted]湏臾下地行徐步到柩前止立低頭淚出更共抱持終不驚駭

賦

後漢張衡冢賦乃立厥堂乃相厥字在冬不寒在夏不暑祭祀是居神明是處**晉陸士**
衡感丘賦生矜跡於當巳死同宅乎一丘竆形骸以下淪兮漂營魂而上浮隨陰陽以融冶託山原以爲疇妍

娃混而爲一孰云識其所修必妙代以遠覽兮夫何御乎區陳

詩 唐太宗望送魏徵葬詩 閶闔總金鞍上林移玉輦野郊愴新別河橋非舊餞慘日映峯沉愁雲隨蓋轉哀笳時斷續悲旌乍舒卷望望情何極浪浪淚空泫无復昔時人芳春共誰遣

梁何遜悲行路孤墳詩 行路一孤墳路成又已毀空疑年歲積不知陵谷徙幾經秋葉黃共見春流瀰金蠶不可織玉樹何曾蘂陌上駐馳人笑歌自侈靡今日非明日可怜詎隣此

梁虞騫遊潮山悲古冢詩 長林帶朝夕孤嶺枕江村踈松含白水密篠滿平原荒墳攺凍葉亞壟变年根西光長價落促尔膝前樽

陳陰鏗行經古墓詩 偃松將古墓年代理當深哀柱應堪燭碑書欲有金迴墳由路毀荒隧受田侵霏霏野田合昏昏壟日沉懸劒今何在風揚空自吟

陳張正見和楊侯送袁金紫葬詩 玄泉開隧道白日照佳城一朝嗟此路千載幾傷情秋雨悲松色淒風咽晚声歸雲向谷晚還柳背山輕唯當三五夜壟月暫時明

隋庾信送炅法師葬詩 龍泉今日掩石洞即時封玉匣摧談柄懸浮落辨鋒香鑪猶是栢塵尾更成松郭門未十里山迴已數重尚聞香閣梵猶聽竹林鍾送客風塵擁寒郊霜露濃性靈如不滅神理定何從

挽歌第十一

敘事 干寶搜神記曰挽歌者喪家之樂執紼者相和之聲也挽歌詞有薤露蒿里二章出田橫門人橫自殺門人傷之悲歌言人如薤上露易晞滅也亦謂人死精魂歸於蒿里故有二章 其一章曰薤上朝露何易晞明朝更復露人死一去何時歸二章曰蒿里誰家地聚斂魂魄无賢愚鬼伯一何相催促人命不得少踟躕 至李延年乃分爲二曲薤露送王公貴人蒿里送士大夫庶人使挽者歌之 又有長歌

短歌言壽命長短不可妄求

事對

虞殯 田歌 左傳曰吳與齊戰齊人公孫夏將戰命其徒歌虞殯杜預注云虞殯塟歌示必死譙周法訓曰令有挽歌者高帝召田横至于尸鄉自斃奏首從者晚至宮不敢哭故爲此歌以寄哀音

松雲 薤露 江智泉宣貴妃挽歌曰桂檖來塵寂筵組竟虛存雲松方靄露風草已聲原温子昇相國清河王挽歌曰高門詎改轆曲沼尚餘波何言吹樓下翻成薤露歌

鈴唱 紼謳 檀道鸞續晉陽秋曰武陵王稀未敗四五年中喜爲挽歌自摇大鈴使左右唱和莊子曰紼謳所生必於斥苦司馬彪注曰紼引踈索也斥慢緩若用力也引紼所有謳者爲人用力慢緩不齊促急也

梁會 袁遊 司馬彪續漢書曰大將軍梁商三月上巳日會洛水倡樂畢極終於薤露之歌坐中流淚裴啓語林曰張湛好於齋前種松養雛鴝袁山松出遊好令左右行挽歌時人謂張屋下陳屍袁道上行殯

詩

魏繆襲挽歌詩 生時遊國都死沒棄中野朝發高堂上暮宿黃泉下白日入虞淵懸車息駟馬造化雖神明安能復存我形容稍歇滅齒髮行常墮自古皆有然誰能離此者

晉陸機挽歌詩 中闈且勿誼聽我薤露詩生死必異論祖載當有時舍爵兩楹位啓殯進靈輀餞飲帳莫反出宿歸無期

又 重阜何崔嵬玄廬竄其間磅礴云四極穹崇效蒼天側聽陰溝涌臥觀天井懸壙宵何遼廓大暮安可晨人往有返歲我行無歸年昔居四人宅今爲萬鬼鄰昔爲七尺體今成灰與塵金玉昔所佩爲毛今不振豐肌享螻蟻形骸永夷泯壽堂延歲我行無自相實螻蟻爾何怒魑魅我何親執心痛紊毒永歎莫爲陳

宋陶潛挽歌詩 荒草何茫茫白楊亦蕭蕭嚴霜九月中送我出遠郊四面無人居高墳正岧嶤馬爲仰天鳴風爲自蕭條幽室一已閉千年不復朝[redacted]賢達無奈何向來相送人各亦歸其家親戚或餘悲他人亦已歌死去何所適託體同山阿

北齊祖孝徵挽歌詩 昔日驅駟馬謁帝長楊宮旌懸白雲外騎獵紅塵中今來向漳浦素蓋轉悲風榮華與歌笑萬事盡成空

隋盧思道彭城王挽歌詩 旭早禁門開隱隱靈輿發纔看鳳樓迴稍視龍山沒猶陳五營騎尚聚三河卒容衛儼未歸空山照秋月

又樂平長公

主挽歌詩粧樓對馳道吹臺臨景舍風入上春朝月滿凉秋夜未言歌笑罪已覺生榮謝何時洛水湄芝田解龍駕

朱子奢文德皇后挽歌詩神京背紫陌緹騎結行輴北去横橋道西分清渭流寒光向壟沒霜氣入松楸今日泉臺路非是濯龍遊

李百藥文德皇后挽歌詩徘徊兩儀殿悵望九成臺玉輦終辭宴瑤筐遂不開野曠陰風積川長思鳥來寒山寂已暮虞殯有餘哀

上官儀故北平公主挽歌詩木落園池曠庭虛風露寒北里清音絕南陔芳草殘遠氣猶標劍浮雲尚寫冠寂寂琴臺晚秋陰入井翰

又謝都督挽歌詩漠漠佳城幽蒼蒼松檟暮魯幕飄欲卷宛駟悲還顧楚挽繞廬山胡笳臨武庫悵然郊原靜烟生歸鳥度

又高密長公主挽歌詩湘渚韜靈跡娥臺靜瑞音鳳逐清簫遠鸞隨幽鏡沉霜處華英落風前銀燭侵寂寞平陽館月冷洞房深

又江王太妃挽歌詩黃鶴悲歌絕椒花清頌餘俟凝寫隣鏡網結和扉魚銀消風燭盡珠減夜輪虛別有南陵路幽叢臨薤跡

駱賓王樂大夫挽歌詩蒿里誰家地松門何代丘百年三萬日一別幾千秋返照寒無影窮泉凍不流居然同物化何處欲藏丘

劉褘之孝敬皇帝挽歌詩戒奢虛昏輅錫號紀鴻名地叶蒼梧野途經紫聚城重照掩寒色晨飈斷曙聲一隨仙驥遠雪露愁陰生

崔融則天皇后挽歌詩宵陳虛禁夜夕臨空山陰日月昏尺景天地慘何心紫翳金鋪澁黃陵玉座深鏡奩長不啓聖主戾沾襟

又前殿臨朝罷長陵合葬歸山川不可望文物盡成非陰月霾中道軒星落太微空餘天子孝松上景雲飛

初學記卷第十四

初學記卷第十五

樂部上　　錫山安國校刊

雅樂一　雜樂二　四夷樂三

歌四　舞五

雅樂第一　敘事

左傳曰天子省風以作樂世本曰夔作樂又禮記曰夔始制樂以賞諸侯禮記曰夫樂清明象天廣大象地終始象四時周旋象風雨白虎通曰樂者樂也君子樂得其道小人樂得其欲聲者鳴也音者飲也剛柔清濁和而相飲漢書曰五聲者宮商角徵羽商章也物成熟可章度也角觸也物觸地而出戴芒角也宮中也居中央暢四方唱始施生爲四聲綱也徵祉也物盛大而繁祉也羽宇也物聚藏宇覆之也五行則角爲木五常爲仁五事爲貌商爲金爲義爲言徵爲火爲禮爲視羽爲水爲智爲聽宮爲土爲信爲思以君臣民事物言之則宮爲君商爲臣角爲民徵爲事羽爲物爾雅釋樂曰宮謂之重商謂之敏角謂之經徵謂之迭羽謂之柳郭璞注皆五音之別名其義未詳五經通義

曰八音者金石絲竹匏土革木也金爲鍾石爲磬絲爲絃竹爲管匏爲笙土爲塤皮爲鼓木爲柷敔（柷昌六反敔音語釋智匠樂録曰金爲鍾鎛鐲鐃石爲磬絲爲琴瑟箜篌箏筑琵琶竹爲篪笛籥簫管匏爲笙簫竽土爲塤缶革爲鼓木爲柷敔也）國語曰金尚羽石尚角竹尚商絲尚宮匏土尚徵吕以和樂律以平聲金石以動之絲竹以行之歌以詠之匏以宣之瓦以贊之革木以節之物得其常曰樂樂之所集曰聲聲相保曰和細大不踰曰平樂緯曰六律黃鍾（十一月）大簇（正月）姑洗（三月）蕤賓（五月）夷則（七月）無射（九月）六吕

大吕（十二月）夾鍾（二月）仲吕（四月）林鍾（六月）南吕（八月）應鍾（十月）陽爲律陰爲吕總謂之十二月律黃帝之樂曰咸池（池音施道施於民故曰咸池）顓頊曰六莖（道有根莖故曰六莖）帝嚳曰五英（道有英華故曰五英）堯曰大章（堯時仁義大行法度章明故曰大章）舜曰簫韶（韶繼也舜繼堯之後循行其道故曰簫韶）禹曰大夏（禹承二帝之後道重太平故曰大夏）殷曰大濩（湯承衰而起濩先王之道故曰大濩濩音護）周曰勺又曰大武（周承衰而起斟酌文武之道故曰勺）周禮奏大樂皆以鍾鼓奏九夏（夏樂章名若今之奏鼓吹）一曰王夏（天子出入奏之）二曰肆夏（祭祀尸出入奏之亦主賓入門奏之享四方奏之）三曰昭夏（牲出入奏之）四曰納夏（享四方奏之）五

曰章夏納有功奏之六曰齊夏大夫祭奏之七曰族夏族人侍奏之八
曰祴夏賓醉出奏之九曰鰲夏公出入奏之天子祭祀用六代
之樂一曰雲門二曰咸池三曰簫韶四曰大夏五曰大濩六曰大武沈約宋書曰秦樂
曰五行始皇所改漢樂曰文始高祖改韶舞爲之武德高祖造舞人執干戚
以象天下樂已行武以除亂安世舊曰房中秦改爲壽人孝惠改爲安世昭容高祖造生於武德
禮容高祖造生於文始五行嘉至叔孫通造以迎神四時文帝所造昭德孝武
帝造薦之太宗廟盛德孝宣造薦之太宗廟雲翹育命並漢樂以祀天地巴渝
漢初巴渝助漢有功作此舞魏樂曰昭武改漢巴渝正世改漢安世又爲享神歌迎
靈改漢嘉至武頌改漢武德昭業改漢昭容鳳翔改漢雲翔靈應改漢育命

大韶改漢文始大武改漢五行周禮曰天子宮懸四面如宮諸
侯軒懸去南面餘三面其形如軒亦曰曲懸大夫判懸又去其北面士特懸凡
樂作謂之奏九奏乃終謂之九成樂終謂之闋
凡懸鍾磬之半爲堵全爲肆半謂鍾磬各八共十六枚而在一簴
對
省風考俗左傳曰泠州鳩曰夫鼓音之輿也鍾音之器也天子省風以作樂樂計圖徵曰樂聽
其聲和以音考以俗驗以物類滌邪蕩穢五經通義曰功成作樂治定制禮所以禁奢侈滌邪志通中和
也史記曰凡作樂者使萬民咸蕩滌邪穢斟酌飽滿以飾厥性合愛定和禮記曰樂者異文合愛者也孫
卿子曰夫樂者審一以定和率一以定理昭德表功沈約宋書曰魏公卿奏曰烈祖未制樂舞非所以昭
德著功夫歌以詠德舞以象事於文武文武爲斌兼秉文武聖德所以彰明也臣等謹制樂名曰章斌文武之舞五經通義曰

樂者所以象德表功因事之宜

同和 交泰 禮記曰大樂與天地同和大禮與天地同節阮籍論曰樂者使人精神平和衰氣不入天地交泰[redacted]物來集

五節 四會 許慎五經異義曰樂所以節百事也故有五節漢書禮樂志曰有鄭四會楚四會宋玉高唐賦亦云聲似竽籟五變四會

升歌 列舞 儀禮曰主人升受爵樂闋升歌鹿鳴張衡東京賦曰雷鼓鼘鼘六變既畢冠華秉翟列舞八佾

崇德 導志 周易曰雷出地奮豫先王以作樂崇德殷薦上帝以配祖考五經析疑曰先王之制禮樂也制禮以節事脩樂以導志故觀其禮樂理亂自知也

通神 全性 史記太史公曰音樂者所以動蕩血脈通流精神而和正心也漢書曰聲樂蕩滌人之邪意全其正性移風易俗

飾節 成文 公孫尼子論曰樂者審一以定和比物以飾節禮記曰情動於中故形於聲聲成文謂之音

鄭舞 齊謳 張衡南都賦曰齊童唱兮列趙女坐南歌兮起鄭舞崔琦七蠲曰暫唱却轉時吟齊謳窮樂極懽濡首相煦

六成 五降 史記曰六成復綴以崇天子鄭玄注曰六奏象兵還振旅也復綴反位止也王肅注曰以象尊崇天地也許慎五經異義曰先王之樂所以節百事故有五節遲速本末中聲以降五降之後不容彈矣

燕竽 趙瑟 袁安夜酣賦曰拊燕竽調齊笙引宮徵唱清平史記曰秦王飲酣曰寡人切聞趙王好音請王鼓瑟秦御史前書曰某年某月秦王與趙王會於澠池秦王令趙王鼓瑟鮑昭白紵詞曰秦箏趙瑟挾笙竽

羌笛 胡笳 許慎說文曰笛七孔籥也羌笛三孔沈約宋書曰應劭漢鹵簿云騎執箛箛晉先蠶儀注曰車駕住吹小箛發收大箛箛即葭也又胡笳漢録有其曲不記所出本末

五莖 六瑩 樂計圖徵曰帝顓頊樂曰五莖宋均注曰能爲五行之道立根莖也列子曰周穆王時有化人來穆王敬之若神奏承雲六瑩九招晨露以樂之張湛注曰承雲黃帝樂六瑩帝嚳樂九招舜樂晨露湯樂

鈞天 調靈 史記曰趙簡子疾五日不知人扁鵲曰昔繆公嘗如此五日不知人七日乃寤居二日半簡子寤語大夫曰我之帝所甚樂與百神遊于鈞天廣樂九奏萬舞不類三代之樂其聲動人心樂計圖徵曰時元曰受氣於天布之於地以時出萬物者也四時之節動及各有分失不得相[redacted]常以廣行

也謂調露之樂宋均注曰以時出入月令十二月政
是也從其入則無災祆也調露調和致於甘露樂大夏成
周樂計圖徵曰禹樂曰大夏宋均注曰其德能大諸夏也晏子春秋曰齊太師曰成周之樂天子樂臣不敢爲之歌
鍾舞籥左傳曰鄭賂魯侯歌鍾二肆杜預注肆列也周禮籥師掌教國子舞羽吹籥鄭玄注文舞有持羽吹
籥者所謂籥舞也左傳曰吳季札見舞南籥者感天地通鬼神漢書曰夫樂者聖人所以感天地通
鬼神安萬民故聽者無不虛已竦神悅而承流於是海内被服
其風光輝日新而不知所以然禮記曰夫禮樂之行乎陰陽通
乎鬼神燭日月風山川莊子曰黃帝張咸池之樂於洞庭之野奏以陰陽之和燭以日月之
明國語曰晉平公既作新聲師曠曰夫樂風德以廣之山
川以達之賈逵注曰樂所以通山川之風類以遠其德節
八風成萬物國語曰金摩之石擊之絲木越之匏竹節之鼓而行之以節八風賈逵注曰八風八卦之
風也阮籍樂論曰聖人之作樂將以順天地之體成萬物之性天地順陰陽和漢書曰至於萬物不

成

夭天地順而嘉應舉故詩曰鍾鼓鍠鍠磬管鏘鏘降福穰穰
禮記曰樂由陽來者也禮由陰作者也陰陽和而萬物得也
和邦國化黎庶周禮曰大合樂以合邦國史記曰樂所以上事宗廟下以變化黎民暢
於中動於外漢書曰樂者四暢交於中而發作於外此先王立樂之方也春秋元命苞曰樂者和盈於
内動發於外應其發時制禮作樂以成之宋均注曰本在心
和盈於内鄉人邦國咸歌之發於外形四方之風也
象其性禮記曰樂者音之所由生其本在人心感於物也五經通義曰受命而王者有六樂焉必象其性而
爲之制以樂其見祖也聞韶樂奏新聲論語曰子在齊聞韶田不圖爲樂之至於斯也韓子
曰衛靈公於濮水上聞
新聲召師涓撫瑟寫之角惻隱宮寬大邯鄲綽五經析疑曰聞角聲無
不惻隱而慈者韓詩外傳曰湯作大
濩聞其宮聲使人溫良而寬大也通八風定萬物淮南
子曰夔作樂合六律調五音所以通八風阮
籍論曰先王之爲樂將以定萬物之情也道施民德潤

物五經通義曰黃帝樂所以爲咸池者何咸皆也施也黃帝時道皆施於民樂計圖徵曰黃帝樂曰咸池宋均注曰咸皆也池取無所不浸德潤萬物故定以爲樂名也

天地和　陰陽順呂氏春秋曰凡樂天地之和陰陽之調君臣父子長少之所歡欣而悅之詩記歷樞曰樂者非謂金石之聲管絃之鳴謂陰陽和順也

薦上帝　下太一周易曰雷出地奮豫先王以作樂崇德殷薦上帝以配祖考樂計圖徵曰鼓和樂於東郊致魌靈下太一之神

致神祇　薦郊廟周禮曰大合樂以致鬼神祇以和邦國以諧萬民以安賓客以悅遠人以作動物漢書曰樂者歌九德誦六詩是以薦之郊廟則鬼神享之

商斷割　宮溫雅邯鄲綽五經折疑曰聞商聲無不斷割而立事也五經通義曰聞宮聲無不溫雅而和之

致鱗羽　動風雲周禮曰凡六樂者一變而致羽物三變而致鱗物鄭玄注變更也樂成則更奏也夏仲御別傳曰激南楚吹胡笳風雲爲之搖動星辰爲之變度

徵善養　商好義五經通義曰聞徵聲無不善養而好施者也韓詩外傳曰聞商聲使人方廉而好義

教胄子　掌成均尚書曰帝曰夔命汝典樂教胄子王肅注曰胄子國子也周禮曰大司樂掌成均之法以治建國之學政而合國之子弟焉鄭玄注曰均調也樂師主調其音大司樂主受此成事已謂之樂

事宗廟　安賓客上見史記云云下見周禮云云

通神明　和人理漢書曰夫樂者聖人所以感天地通神明魏志曰文帝行獵中道頓息問侍臣曰獵之爲樂何如八音也侍中劉曄對曰獵勝於樂兼侍中鮑勛抗辭曰夫樂上通神明下和人理崇政致化萬邦咸乂

虛已竦神　洞心駭耳漢書曰夫樂通神明安民庶故聽者無不虛已竦神司馬相如上林賦冂族君遞奏金鼓迭起鏗鎗闛鞈洞心駭耳

英英鼓腹　洋洋盈耳呂氏春秋曰帝顓頊俞瞱先爲樂倡蟬乃偃寢以其尾鼓其腹其音英英論語曰師摯之始關雎之亂洋洋乎盈耳哉注曰魯大師摯識關雎之聲而首理其亂者洋洋乎盈耳聽而美之

功成乃作　教尊後賞禮記曰王者功成作樂治定制禮其功大者其樂備也白虎通

曰太平乃作樂所以防淫泆禮記曰故天子之爲樂也以賞諸侯之有德者也德盛而教尊五穀時熟然後賞之以樂也

鄭聲亂雅 齊音害德 論語曰惡紫之奪朱惡鄭聲之亂雅樂包曰鄭聲淫聲之哀者禮記曰鄭音好濫淫志宋音燕女溺志衛音趨數煩志齊音傲僻驕志此四者淫於色而害於德

鍾鼓俱震 塤篪和鳴 曹植七啓曰鍾鼓俱震簫管齊鳴陸機七徵曰金石諧而齊響塤篪合而和鳴

八音克諧 五色不亂 尚書曰八音克諧無相奪倫禮記曰五色成文而不亂八風從律而不姦

移風易俗 播德通靈 孝經曰移風易俗莫善於樂魏名臣奏事曰夫樂所以播德通靈

號鍾之琴 空桑之瑟 楚辭曰破伯牙之號鍾王逸注曰號鍾琴名又傅玄琴賦曰齊桓公有鳴琴曰號鍾周禮曰空桑之琴瑟

鳳歌鸞舞 玉管朱絃 庾闡詩曰簫史吹鳴管王子吐鳳歌抱朴子曰鸞鳥聞樂而舞則主國安應劭風俗通曰章帝時零陵太守舜祠下得笙白玉管尚書大傳曰大琴朱絃而達越

寶瑟綺琴 赤簫紫笛 漢書曰莽何羅行觸寶瑟張衡擬四愁詩曰佳人遺我綠綺琴又傅玄琴賦曰蔡邕有琴曰綠綺簫方等三十國春秋曰涼州人發涼土張駿墓得赤玉簫紫玉笛

天籟地籟 南音北音 莊子曰汝聞人籟而未聞地籟既聞地籟而未聞天籟郭象注曰簫管參差雖萬殊而不異也呂氏春秋曰塗山女令其女往候禹女作歌始作南音有娀氏二女候帝令鸞遺二卵北飛不退二女作歌始作北音

雲和之琴 霜條之篪 周禮曰孤竹之管雲和之琴瑟冬日至於地上圜丘奏之鄭玄注雲和空桑龍門皆山也郭子橫洞冥記曰建元二年帝起騰光臺以望四遠於臺上撞碧玉之鍾掛懸黎之磬吹霜條之篪唱來雲往日之曲

詩

唐太宗皇帝三層閣上置音聲詩

綺筵移暮景紫商引宵前南陳歌塵合分階舞影連聲流三處管響扎一重絃不似秦樓上吹簫空學仙

梁王暕觀樂應詔詩

趙瑟含清音秦箏疑逸響參差陳九夏依遲紛四上從風繞金梁含雲映珠綱逦奏豈一

八繁絲非一兩幸叨東郭吹厠陪南風賞忘味信鏗鏘奄和終俯仰輕塵已飛散游魚亦翻蕩恩光實難遇詠言寧易放

隋何妥奉勑於太常寺脩正古樂詩大樂遺鐘鼓至樂貴忘情俗乂淳和變年没禮教生解谷調孤管崙山學鳳鳴浮雲成舞曲白雪作歌名聞詩六義辨觀□八風平肅穆皇威揚淪漣河水清鈞天動絲竹括地響鎛鉦盡美兼韶護威德總咸英寥亮昆鍾徵飄揚翟羽輕小臣屬千載時幸預簪纓行欣負蒼壁衢壇聽九成

又樂部曹觀樂詩東海餘風大陶唐遺思深何如觀徧舞奏鼓間擬金清管調絲竹朱絃韻雅琴八行陳樹羽六德審知音至道兼韶濩充庭揔輪林高天度流火落日廣成陰百神諧景福萬國仰君臨天樂非鍾鼓日用戒民心

薛道衡奉和月夜聽軍樂應詔詩旋門臨古堞徼道度深隍月令疑秋夜山寒落夏霜遥空丁暮色清景散餘光笳聲諠隴水鼓曲噪漁陽沉鬱興神思眺德發天章嵩岱終□學丘陵徒自強

隋孔德昭觀太常奏新樂詩大君膺寶□出豫表功成鈞天金石響洞庭絃管清八音動繁會九變叶希聲和雲留睿賞薰風悦聖情盛烈光韶濩易俗邁咸英切吹良無取率舞抃輕生

隋下斌觀太常奏新樂詩昔人夢黃帝尚言夢鈞天況茲開景業作樂武功宣大雅發還理乘風毀更懸中和誠易擬韶夏詎相沿凄爲磬響徹嶰谷管聲傳小臣濫清耳長奉南風絃

隋許善心於太常寺聽陳國蔡子元所校正聲樂詩維陽成禮樂治定昔君臨□庭觀樹羽之帝仰摐金既因鍾石變將隨河海沉湛露廢還序承風絶復尋衰章無舊迹韶夏有餘音澤竭英莖散人遺憂思深悲來未減瑟淚下正聞琴詎以文侯睡聊同微子吟鍾奏殊南北商聲異古今獨有延州聽應知亡國音□

梁武帝問群臣音樂詔夫聲音之道與政通矣所以移風易俗明貴下賤而韶濩之稱空傳咸英之實靡記漢魏已來陵替滋甚遂使雅鄭混淆鍾石斯謬天人缺九變之節朝宴失四懸之儀歷年永久將墮于地朕昧爽坐朝思求厥旨而舊章匪存未獲釐正寤寐有懷所爲歎息卿學術通明可陳所見

雜樂第二

叙事 左傳曰煩手淫聲慆堙心耳乃忘和平謂之鄭聲 許愼五經通義曰鄭國有溱洧之水男女聚會謳歌相感今鄭詩二十一篇說婦人者十九故鄭聲淫也又云鄭重之音使人淫過也 梁元帝纂要曰古艷曲有北里靡靡激楚結風陽阿之曲又有百戲起於秦漢有魚龍蔓延 假作獸以戲 高絙鳳皇安息五案 並石季龍所作見鄴中記 都盧尋橦 今之緣竿見西京記 丸劒 丸一名鈴見西京記 戲車山車興雲動雷 見李尤長樂觀賦 跟挂腹旋 並緣竿所作見傳玄西都賦 吞刀履索吐火 見西京賦 激水轉石嗽霧扛鼎 並見李尤長樂觀及傳玄西都賦 象人 見漢書常昭曰今之假面 怪獸含利之戲 並見

西京賦

事對 流鄭 激楚 桓譚新論曰夫不翦之屋不如阿房之宮不琢之椽不如磨礱之桷玄酒不如蒼梧之醇控揭不如流鄭之樂淮南子曰揚鄭衛之淫樂結激楚之遺風此齊人之所以淫泆流湎也

楚巫 宋溺 呂氏春秋曰楚之衰也作爲巫音高誘注曰男曰覡女曰巫禮記曰宋音燕女溺志

好俗 聽新 孟子曰莊暴見齊王曰寡人非能好先王之樂直好世俗之樂耳禮記曰魏文侯問於子夏曰吾端冕以聽古樂則唯恐臥聽鄭衛之音則不知倦敢問古樂之如彼何也新樂之如此何也

東舞 南歌 魏文帝詩曰齊倡發東舞秦箏奏西音張衡南都賦曰坐南歌兮起鄭舞白鶴飛兮蠒曳緒

麗妙 奇偉 劉愼魯都賦曰龍燭九枝逸稻壽陽賦湛露以留客召麗妙之新倡劉向列女傳曰夏桀求四方美人積之後宮狀徘優侏儒狎徒而爲奇偉之戲

魯幕 秦帷 穀梁傳曰定公十一年夾谷會齊人使優施舞於魯君之幕下孔子曰笑君者罪當死使司馬行法焉劉向說苑曰秦始皇既兼天下興驪山之役錮三泉之底關中建離宮四百

所皆有鋋翣帷帳婦人倡優

歌容　舞態　漢書曰哀有哭踊之節樂有歌舞之容正人足以副其誠邪人足以防其失邊讓章華賦曰舞無常態鼓無定節尋聲響應脩短靡跌

趙舞　燕歌　張華上巳篇曰妙舞起齊趙悲歌出三秦魏文帝燕歌行曰別日何易會日難山川悠遠浮漫漫鬱陶思君未敢言寄聲浮雲往不還

清歌　妙舞　夏仲御別傳曰仲御從父家女巫章舟陳殊二人妍姿冶媚清歌妙舞狀若飛仙

東山妓　西巴唱　郭子曰謝公在東山畜妓簡文曰安石必出與人同樂亦不得不與人同憂張華輕薄篇曰美女興齊趙妍唱出西巴一顧傾城國傾千金寧足多

侏儒戲　爛熳樂　家語曰魯定公與齊侯會於夾谷孔子攝行相事齊宮中之樂俳優侏儒戲於前列女傳曰夏桀既棄禮儀淫於婦人求四方美人積之後宮造爛熳之樂

詩

梁孝元帝夕出通波閣下觀妓詩　娥月漸成光燕姬戲小堂胡舞開齊閣鈴盤出步廊起龍調節鼓郄鳳點笙簧樹交臨舞席荷生夾妓航竹密無分影花疏有異香捉盃

淮

特笑語歡茲樂未央

又和林下作妓應令詩　日斜下北閣高宴出南榮歌清隨澗響舞影向池生輕花亂粉色風篠雜絃聲獨念陽臺下願待洛川笙

梁昭明太子林下作妓詩　炎光向夕斂徒宴臨前池泉將影相得花與面相宜篪聲如鳥哢舞袖寫風枝歡樂不知醉千秋長若斯

梁沈約樂將彈恩未已應詔詩　凄鏘生管道參差舞行亂輕肩既屢舉長巾亦徐換雲鬢垂寶花輕粧染微汗群臣醉又飽聖恩猶未半

梁劉孝綽同武陵王看妓詩　燕姬奏妙舞鄭女發清歌迴羞出慢臉送態表頻蛾寧殊遏行雨詎減見凌波想君愁日落應羨魯陽戈

北齊蕭放冬夜對妓詩　佳麗盡時年合暝不能眠銀龍銜燭燼金鳳起爐烟吹篪先弄曲調箏更撮絃歌還團扇後舞出妓行前絕代終難及誰復數神仙

後梁沈君攸待夜出妓詩　簾開月色度燭定妓成行迴身釧玉動頓履珮珠鳴低衫拂鬟影舉扇起歌聲匣巾曲猶奏掌上體應輕

陳

陰鏗侯司空宅詠妓詩 佳人遍綺席妙曲動鵾絃樓似陽臺上池如洛浦邊鸎啼歌扇後花落舞衫前翠栁將斜日偏是晚粧鮮

陳劉刪侯司空宅詠妓詩 石家金谷妓粧罷出蘭閨看花只欲笑聞瑟不勝啼山邊歌落日池上舞前溪將人當桃李何處不成蹊

隋庾信和趙王看妓詩 綠珠歌扇薄飛燕舞衫長琴曲隨流水簫聲逐鳳皇細縷纏鍾格圓花釘鼓床懸知曲不誤無事畏周郎

又看妓詩 長思浣沙石空憶擣衣砧臨邛若有使爲說解琴心

隋江揔和衡陽殿下高樓看妓詩 起樓侵碧漢初日照紅粧絃心艷卓女曲誤動周郎並歌時轉黛息舞暫分香挂纓銀燭下莫笑玉釵長

隋盧思道夜聞鄰妓詩 倡樓對三道吹臺臨九重笙隨山上鶴笛奏水中龍怨歌聲易斷妙舞態難逢誰能暫留客解珮一相從

隋虞茂衡陽王齊閣奏妓詩 金薄低御道玉管正吟風拾翠天津上迴鸞鳥路中鏡前看引近歌處覺塵空今宵織女見言是望仙宮

隋薛道衡和許給事善心戲場轉韻詩 京洛重新年復屬月輪圓雲間璧獨轉空裏鏡孤懸萬方皆集會百戲盡來前臨衢車不絕夾道閣相連驚鴻出洛水翔鶴下伊川艷質迴風雪笙歌韻管絃佳麗儼成行相攜入戲場衣類何平叔人同張子房高高城裏髻峨峨樓上粧羅裙飛孔雀綺席垂鴛鴦日映班姬扇風飄韓壽香竟夕魚負燈徹夜龍銜燭戲笑無窮已歌詠還相續羌笛隴頭吟胡舞龜茲曲假面飾金銀盛服搖珠玉宵深戲未闌競爲人所難卧驅飛玉勒立騎轉銀鞍縱橫旣躍劒揮霍復跳丸抑揚百獸舞盤跚五禽戲狻猊弄斑足巨象垂長鼻青羊跪復跳白馬迴旋騎忽覩羅浮起俄看鬱昌至峯頂旣崔嵬林叢亦青翠麋鹿下騰倚猴猿或蹲跂金徒列舊刻玉律動新灰甲荑垂陌柳殘花散苑梅繁星漸寥落斜月尚徘徊王孫猶勞戲公子未歸來共酌瓊酥酒同傾鸚鵡盃普天逢聖日兆庶喜康哉

陳李元操訓蕭侍中春園聽妓詩 微雨散芳菲中園照落暉紅樹搖歌扇綠珠飄舞衣繁絃調對酒雜引動思歸愁人當此夕羞見落花飛

陳子良

賦得妓詩 金谷多懽宴嘉麗晝步非流雲席上轉迴雪掌中飛明月臨歌扇行雲接舞衣何必桃將李別有代春暉

弘執恭和平凉公觀趙郡王妓詩 小堂羅薦陳妙妓命燕秦瑟質疑假黛紅臉自含春合舞俱迴雪分歌共落塵齊竽不可厠空願上龍津

釋法宣和趙郡王觀妓應教詩 桂山留上客蘭室命嬌妖城中畫眉黛宮內束纖腰舞袖風前舉歌聲扇後驕周郎不相顧令日嘗絃調

王勣詠妓詩 妖姬飾淨粧窈窕出蘭房日照當軒影風吹滿路香早時歌扇薄令日舞衫長不應令曲誤持此試周郎

四夷樂第三

敘事

周禮春官鞮鞻氏掌四夷之樂 鄭玄注曰東方曰韎南方曰任西方曰朱離北方曰禁 禮記曰昧東夷之樂任南蠻之樂

事對

德及 澤被 班固東都賦曰四夷間奏德廣所及禁佅兜離罔不具集五經通義曰舞四夷之樂明德澤廣被四表也

納魯廟 獻漢庭 禮記曰納夷蠻之樂於太廟廣魯於天下范曄後漢書曰永寧元年西南夷禪國王獻月樂及伶人明年元會作之於庭安帝與群臣共觀大奇之

狄鞮倡 扶婁伎 司馬相如上林賦曰俳優侏儒狄鞮之倡郭璞注曰狄鞮西方之樂名也王子年拾遺記曰成王之時南垂之南有扶婁國或於掌中備百獸之樂婉轉屈曲於指間人形或長數分神怪欻忽樂府傳此伎末代猶學焉

被四表 穆八荒 上見五經通義云左思魏都賦曰鞮鞻所掌之音韎任昧禁之曲以娛四夷之君以穆八荒之俗

詩

後漢遠夷慕德歌詩 蠻夷所處日入之部慕義向化歸自明主聖德恩深與人富厚冬多霜雪夏多和雨寒温時適部人多有涉危歷險不遠萬里夷俗歸德心歸慈母

又遠夷懷德歌詩 荒服之外土地墝埆食肉衣皮不見鹽穀吏譯傳風大漢安樂携負歸仁長願臣僕

歌第四 敘事

尚書曰詩言志歌永言（永長也長言之）蔡邕月令章句曰歌者樂之聲也毛詩序曰情動於中而形於言言之不足故嗟歎之嗟歎之不足故詠歌之詠歌之不足不知手之舞之足之蹈之山海經曰帝俊八子是始爲歌爾雅曰聲比於琴瑟曰歌徒歌曰謠亦謂之咢（謂無絲竹之類獨歌之）韓詩章句曰有章曲曰歌無章曲曰謠梁元帝纂要曰齊歌曰謳吳歌曰歈楚歌曰艷淫歌曰哇又有清歌高歌安歌緩歌長歌浩歌雅歌酣歌怨歌勞歌（韓詩曰飢者歌食勞者歌事）振旅而歌曰凱歌堂上奏樂而歌曰登歌亦曰升歌古之善歌者有咸黑（帝嚳歌者見呂氏春秋）秦青薛談（秦青弟子）韓娥（齊人二人見列子）王豹（處於淇而河西善謳）綿駒（處高堂而齊右善歌）瓠梁（見淮南子）魯人虞公（見劉向別錄）李延年（見漢書）古歌曲有陽陵白露朝日魚麗白水白雲江南陽春淮南駕辯淥水陽阿採菱下里巴人（並見襄陽耆舊傳及梁元帝纂要）八闋（葛天氏之歌見呂氏春秋）唐歌（帝嚳之歌）南風卿雲（並虞舜歌）晨露（湯歌並見呂氏春秋）漢歌曲有大風（高祖所作）芝房白麟朱鴈交門天馬房中（已上並郊

居歌盛唐樅陽歌武帝瓠子武帝觀決河所作並見漢書玄雲步雲西王
母歌見武帝內傳古樂府有燕歌行艷歌行長歌行魏武帝作
朝歌行怨歌行前緩聲歌行櫂歌行鞠歌行放
歌行短歌行蔡歌行陳歌行又古今樂錄晉末
已後歌曲有淫豫歌楊叛兒歌南齊有楊旻母爲師入宮童婦呼爲楊婆
見婆轉爲叛扶風歌晉劉琨作一百年歌晉王道中陸機並作白日歌宋沈攸之所作
亦曰落日歌其歌曰白日落西山九曲歌宋何承天作採葛婦歌古越人作桃
葉歌晉王獻之作同聲歌漢張衡作碧玉歌晉孫綽作四時歌出於子夜
子夜歌古有女名子夜造此歌上聲歌亦名從往哀悲之古曲白紵歌起於淮

吳孫皓時作襄陽白銅鞮歌前溪歌晉車騎將軍沈玩所作歡聞
歌晉穆帝初歌畢輒呼歡聞因以爲名丁督護歌宋高祖女夫徐逵之爲魯軌所殺高祖使督護
丁旴收殯之逵之妻呼涕至閤下自問斂送之事每問輒歎息曰丁督護其聲哀切後人因其聲廣爲曲焉團扇
歌晉中書令王珉好捉白團扇其侍人謝芳歌之因以爲名懊惱歌晉石崇爲綠珠作

事對

發德　詠功禮記曰奠酬而工升歌發德也歌者在上匏竹在下貴人聲也張載鞞舞賦曰盖以歌以
詠所以象德足之蹈之所以盡情白麟　赤鳳漢書曰武帝幸雍祠五時獲白麟作歌西京雜記曰賈佩
蘭說在宮時常以管絃歌舞相娛竟爲妖服以趣良時十月五日共入靈女廟吹笛擊筑歌上雲之曲既而相連臂蹋地爲節
歌赤鳳皇來八闋　九序呂氏春秋曰昔葛天氏之樂二人操牛尾捉足以歌八闋一曰載人二曰玄鳥
三曰遂草木四曰集五穀五曰敬天常六曰達帝功七曰作地德八曰總禽獸之極高誘注曰樂之八篇名也尚書曰禹曰於

帝念哉德惟善政政在養民水火金木土穀惟脩正德利用厚生惟和九功惟序九序惟歌

永言 **厚志**

尚書曰詩言志歌永言律和聲五經通義曰歌之言騅也以厚志意故發聲而歌長言

含徵 **吐角**

魏文帝詩曰比坐高閣下延賓作名倡絃歌隨風厲吐羽含徵商習鑿齒襄陽耆舊記曰昔有善歌者歌陽陵白露朝日魚麗含商吐角絕節赴曲

靈芝 **寶鼎**

班固漢頌論功歌曰因露寢兮產靈芝象三德兮瑞應圖延壽命兮光比都配上帝兮象太微參日月兮揚光輝漢書曰武帝得寶鼎於后土祠旁又馬生渥洼水中作寶鼎天馬之歌

齊右 **郢中**

上見孟子宋玉對問曰楚襄王問於宋玉曰先生有遺行歟何士庶不譽之甚也玉對曰客有歌於郢中者曰下里巴人屬而和者數十人為陽春白雪國中和者不過數人其曲彌高其和彌寡

遺聲 **遊響**

列子曰昔韓娥東之齊匱粮過雍門鬻歌假食故雍門之人至今善歌放娥之遺聲魏文帝詩曰茲歌奏新詩遊響拂丹梁繁音赴促節慷慨時激揚

振木 **迴泉**

列子曰秦青折節悲歌聲振林木響遏行雲紀義宣城記曰臨城縣南二十里有蓋山登百許步有舒姑泉俗傳云有舒氏女未適人與其父析薪於此女坐泉處牽挽不動遽告家比還唯見清泉灌然母云女好音樂乃作絃歌泉涌洄流

浩唱 **曼聲**

楚詞曰陽抱兮拊鼓疏緩節兮安歌陳竽瑟兮浩唱靈偃蹇兮姣服芳菲菲兮滿堂列子曰昔韓娥曼聲長歌一曲老幼喜抃

出塞 **升隴**

西京雜記曰高帝令戚夫人歌出塞望歸之曲侍婢數百皆為之後宮齊唱聲入雲霄秦州記曰隴西郡隴山其上懸巖吐溜於中嶺泉停因名萬石泉泉溢漫散而下溝澮皆注故北人升此而歌曰隴頭流水流離四下念我行役飄然曠野登高遠望涕零雙落

傳谷 **遏雲**

盛弘之荊州記曰臨賀馬乘縣有老姥善歌餘音傳谷數日張華博物志曰薛談學謳於秦青未窮青之技而辭歸青餞於郊乃撫節悲歌聲振林木響遏行雲乃謝求反

落日 **流風**

釋智匠古今樂録曰白日落西山歌者沈攸之發荊州下未敗之前思歸京師所作歌張協霖雨詩啾啾絲竹作伶人奏奇祕悲歌浩流風實響四秋氣

石城 **金闕**

釋智匠古今樂録曰莫愁樂者亦因石城樂而有此歌石城西

有女子名莫愁善歌謡且石城樂和中有忘愁聲因有此歌
韋昭洞曆記曰紂無道比干知極諫必死作秣馬金闕歌
送易水　望秦川　燕丹太子曰荆軻起爲壽歌曰風蕭蕭兮易水寒壯士一去兮不復還辛氏三
秦記曰隴渭西關其阪九迴上有水四注下俗歌云隴頭流水鳴聲幽咽遥望秦川肝腸斷絶　發皓齒　動
朱唇　傅毅舞賦曰眄般鼓則騰清眸吐哇聲則發皓齒曹植七啓曰動朱唇發清音　棗下纂纂
花上盈盈　潘岳笙賦曰輟張文之哀彈流廣陵之名散詠挑園之夭夭歌棗下之纂纂劉敬叔異苑曰臨川聶
包死數年忽詣南豐相沈道虔作歌其歌笑甚有倫
吹每歌輒作花上盈盈正聞行當歸不聞死復生　賦　楊
師道聽歌管賦　爾乃闢飛閣之臨空望雕梁之架虹奏東城之妙曲命南荆之結風菲華艷於朝日
長袖曳於芳叢度參差以儀鳳響飂飀之驚鴻伊小臣之庸瑣
預恩私之嘉宴聞仙管於帝臺聽鈞天於蘭殿悵嶮巇之易晚
惜宫羽之難遍撫長笛而多慙覽洞簫
而興怨徒隷齒於群龍信庸音其已薦　謝偃聽歌賦　于時日下

梧宫陰清竹殿群雲始落光風初扇餘霞未斂殘虹猶見主輦
既陳蘭肴乃薦登飛閣以騁目臨曲池而遊眄於是徵揚女命
齊倡動瓔珮出蘭房横寶釵而矅首靚鉛花而飾粧低翠娥而
斂色睇横波而流光聲欲抽而含態氣未理而騰芳作綿連以
爛熳時頓挫而抑揚始折宫而合徵終分角而和商掩餘姿於
彫扇散輕塵於畫梁若夫振幽蘭飛激楚俯仰艷逸顧眄容與
故其繁會也類春禽振響而流變其微引也若秋蟬輕吟而曳
緒似將絶而更連疑欲止而復舉短不可續長不可去延促合
度舒縱有所聽之者慮蕩而憂忘聞之者意悦而清抒歌未終
君王乃喟然歎曰夫樂者所以通神明節情欲和天地調風俗
觀往哲之遺風鑒前賢之輕躅莫不治亂斯在
興亡攸屬是故聖人以爲深誡君子以之自勗　詩　梁孝元
帝詠歌詩　汗輕紅粉濕坐久翠眉愁傳聲入鍾磬餘轉雜箜篌　梁劉孝綽和詠
歌人偏得日照詩　獨明花裏翠偏光粉上津嬰將歌罷扇迴拂影中塵　北齊劉逖
清歌發詩　扇中通慢臉曲裏奏陽春久應迷塵客何啻起梁塵　陳周弘正詠歌人

偏得日照詩 斜光入丹扇的的最分明欲持照影拱仍作繞梁聲 隋庾信聽歌詩 協律新教罷河陽始學歸但令聞一曲餘聲三日飛

舞第五

敘事 蔡邕月令章句曰舞者樂之容也有俯仰張翕行綴長短之制呂氏春秋曰陶唐氏之始陰多滯伏人氣壅閼故為作舞以宣導之禮記曰理人勞者其舞行綴遠理人逸者其綴短故觀其舞知其德 人勞德薄舞人少 左傳曰天子八佾 六十四人 諸侯六 四十八人 大夫四 三十二人 士二 十六人 夫舞所以節八音而行八風故用八周禮樂師曰凡舞有帗舞有羽舞有皇舞有旄舞有干舞有人舞 帗析五色繒也羽析羽也皇雜五采羽如鳳皇毛持以舞也旄舞者氂牛之尾也干舞者兵舞也人舞者手舞也社稷以帗宗廟以羽四方以皇辟雍以旄兵事以干星辰以人也 韓詩曰萬大舞也爾雅曰婆娑舞也又歷代舞名有象箾南籥之舞 周文王樂 武德文始五行之舞 漢高廟舞 昭德舞 孝文廟舞 盛德舞 孝武所作 四時舞 孝文所作 雲翹育命之舞 並光武所作 大武舞 光武廟舞 昭武鳳翔靈應武頌武始咸熙章斌之舞 並魏宋廟舞名 以土地名之有周舞鄭舞趙舞巴渝舞淮南舞燕餘舞古之舞曲有迴鸞舞七盤舞 張衡有七

盤舞賦縈塵舞集羽舞見王子年拾遺記翹袖舞折腰舞並戚夫人所作見西京雜記白符舞吳孫皓時所作羡水舞見何承天纂文杯柈舞公莫舞灑舞拂舞並晉初時俗所作見沈約宋書

事對

象功 明德

後漢書詔曰歌所以象德舞所以象功光武廟樂舞名曰大武之舞史記曰孝景皇帝元年制詔御史盖聞歌者所以發德舞者所以明德高廟始奏文始五行之舞

執盾 持矛

尚書曰苗民逆命帝誕敷文德舞干羽于兩階孔安國注干有羽翳也皆舞者之所執也五經通義曰東夷之樂持矛舞助時之生南夷之樂持羽舞助時之養

躡節 應度

傅毅舞賦曰躡節鼓陳舒意自廣游心無瑕遠思長想郝默舞賦曰哀則哭踊有節樂則賡歌有章男則踊躍逸豫淒厲矜莊女則委迤詰屈窈窕幽房俯仰應規度進退合宮商

俯仰 抑揚

蔡邕月令章句曰樂容曰舞有俯仰張翕行綴長短之制崔駰七依曰表飛縠以長袖舞細腰以抑揚紛屑屑以暖暖昭灼爍而復明

千童 八佾

漢書郊祀禮歌曰千童羅舞成八佾合好交歡虞泰一

鸞逝 龍婉

邊讓章華賦曰振弱支而紆繞若綠繁之垂幹忽飄飄以輕游似鸞飛於天漢傅玄却東西門行曰和樂唯有舞運體不失機退似潛龍婉進如翔鸞飛

超絕 殊妙

張載鞞舞賦曰鞞舞煥而特奏兮冠衆妓而超絕采干戚之遺武兮同數度於二八夏侯湛鞞舞賦曰皐音巧於樂府兮苞殊妙乎伶人匪繁手之末流兮乃皇世之所珍

應聲 合節

傅毅舞賦曰其少進也若翺若行若竦若傾坑動赴度指頭應聲楚辭曰翾飛兮翠曾展詩兮會舞一律兮合節靈之來兮蔽日王逸注乃復舒展詩曲作爲雅樂合會六律以應舞節

鳳翔 鴻翥

成公綏七唱曰奮長袖以颯迴擢纖腰以烟起鎮抗首而委蛇颭頓足而立跱紛龍轉而鳳翔忽若倒而中止曹植七啓曰夌躍超騰蜿蟬揮霍翻爾鴻翥濈爾鳧沒縱輕軀以迅赴景追形而不逮

波迴 風轉

成公綏琵琶賦曰飛龍列舞趙女駢羅進如驚鶴轉似回波傅玄西都賦曰奏新聲理秘舞飈回風轉流采成文脩袖連娟長裾續

紛赴若翔龍降若頽雲**餘姿**　**逸態**傅玄却東西門行曰廻目流神光傾亞有餘姿劉劭趙都賦曰乃進夫中山名倡襄國妓女狄鞮妙音邯鄲才舞姿絶倫之逸態實倬然而寡偶**北里**　**西城**張華輕薄篇曰北里獻奇舞大陵奏名歌新聲殊激楚妙妓絶陽阿陸雲詩曰西城多雅舞摠章饒清彈鳴簧發丹唇朱絃繞素腕**飛輕裾**　**紆長袖**張載鞞舞賦曰手運無方足不及帶輕裾鷰飛漂微逾曳左思蜀都賦曰紆長袖而屢舞翩僊僊而洩洩**樂賓主**　**諧君臣**張衡舞賦曰且夫九德之歌九韶之舞化如凱風澤譬時雨移風易俗混一齊楚以祀則神祇來假以饗則賓主樂胥方之於此孰者爲優夏侯鞞舞賦曰在廟則格祖考兮在郊則降天神納和氣於兩儀兮克諧乎君臣協至美於九成兮等大上乎睿文**或遲或速**　**若竦若傾**卞蘭許昌宮賦曰興七盤其遞奏觀輕捷之翩翩或遲或速乍在乍旋傅毅舞賦曰其少進也若竦若傾

賦

後漢傅毅舞賦楚襄王既游雲夢將置酒宴飲謂宋玉曰寡人欲觴群臣何以娛之玉曰臣聞激楚結風陽阿之舞材人之窮觀天下之至妙噫可進乎王曰試爲寡人賦之王曰唯唯爾乃鄭女出進二八徐侍姣服極麗姁媮致態約嫽妙以妖給紅顔曄其楊華眉連娟以增繞目流睇而廻波珠翠的皪而照曜兮華袿飛髾而雜纖羅顧形影自整裝順微風揮若芳動朱唇紆清楊抗音高歌爲樂之方其始興也若俯若仰若來若往雍容惆悵不可爲象羅衣從風長袖交横駱驛飛散颯沓合并綽約閑靡機迅體輕合場遞進安次而侯埒迭技角妙夸容乃理鞅態横出瑰姿譎起廻身還入迫于急節紆形赴遠漼似[redacted]折[redacted]縠蛾飛繽委若絶遷延微咲退復收列觀者稱麗莫不怡悅云云

張衡舞賦昔客有觀舞於淮南者美而賦之曰音樂陳兮旨酒施擊靈鼓而吹叅差技遥行兮漫陸離於是飲者皆醉日亦既昊美人興而將舞乃修容而改服襲羅縠而雜錯申綢繆而自飾拊者啾其齊列盤鼓煥以駢羅抗修袖以翳面展清聲而長歌歌曰驚雄逝兮孤雌翔臨歸風兮思故鄉搦纖腰以互折嬛傾倚兮低昂增芙蓉之紅華兮光的皪以發揚騰嫮目以顧眄盼爛爛以流光連翩絡繹乍續乍絶裾以飛鷰袖如廻雪於是粉黛施兮玉瑱粲珠簪挺兮細髮亂然後飾笄整髮被纖垂縈同服騈奏

合體齊聲進退無差若影追形

梁簡文帝舞賦

酌蒲萄坐柘觀命妙舞微清彈小髮初笄參差俱集信身輕而釵重亦腰羸而帶急響玉砌而運前度金扉而斜入似斷霞之照彩若飛燕之相及既相看而縣視亦含姿而俱立於是徐鳴嬌節薄動輕金奏巴渝之麗曲唱碣石之清音扇纔移而動步鞞輕宣而遂吟爾乃優游容與頓脉徘徊強紆顏而未咲乍離然而成猜或低昂而失侶乃歸飛而相附或前異而始同乍初離而後赴不遲不疾若輕若重聆鼓微唱廻中自擁髮亂難持簪輕易俸牽福恃恩懷嬌妬寵

陳顧野王舞影賦

燿金波兮繡戶列銀燭兮蘭房出妙舞於仙殿唱雅韵於清商頓珠履於瓊筵影嬌態於雕梁圖長袖於粉壁寫纖腰於華堂縈紆雙轉芬馥一房類隻鸞於合鏡似雙鴛之共翔愁冬宵之尚短欣此樂之方長

謝偃觀舞賦

羅薦周設黼帳高舒露凝珠網風清玉除烟浮暉於緹幕燭籠光於綺疏爾乃咀清哇揚激徵金石奏竹桐理音調間發新聲互起促宴洽而忘疲歡情暢而未已於是燕餘齊列絳樹分行曳綃裾兮拖瑤珮簪羽釵兮珥鳴璫擢纖腰之孤立若卷旌之未揚紆移袂而將舉似驚鴻之欲翔

退不失倫進不踰曲流而不滯急而不促絃無差袖聲必應足香散飛巾光流轉玉若乃巴姬並進鄭女俱前對席齊舉分庭共旋乍差馳以燕接又颯沓而鳧連止有餘態動無遺妍似兩艷之同發類雙花之偶然進止合度俯仰如一節緩則顧遲唱遠則廻疾殊姿異制不可殫悉若夫金翠的皪綃綺參差方趨應矩圓步中規飛鉛雪落頹鬟雲垂舒類飛霞曳清漢屈若垂柳縈華池既而曲變終雅奏闋清角止流商絕頓華履以自持整文桂而竚節始綽約而廻步乃遷延而就列

詩

梁簡文帝詠舞詩

戚里多妖麗重娉蔑燕餘逐節工新舞嬌態似凌虛扇開衫影亂巾度履行蹤徒勞交甫憶自愧專城居

又

嬌情因曲動弱步逐風吹懸釵隨舞落飛袖拂鬟垂

又

可憐二八初逐節似飛鴻懸勝河陽妓闇與淮南同入行看履進轉面望鬟空腕動昭華玉衫隨如意風上客何須起啼烏曲未終

又詠獨舞詩

因羞強正釵顧影時廻袂非關善留客更是嬌夫婿

梁劉遵應令詠舞詩

倡女多艷色入選盡華年舉腕嫌衫重廻腰覺態妍情繞陽春吹影逐相思絃履度開裙襵鬟轉匝花鈿所愁餘曲罷爲欲在

君前

梁王謝應令詠舞詩　新粧本絶世妙舞亦如仙傾腰逐韻管歛色聽張絃袖輕風易入歛重步難前笑態千金動衣香十里傳特比雙飛鸞定當誰可憐

梁楊皦詠舞詩　紅顏自燕趙妙妓邁陽阿就行齊逐唱赴節闇相和折腰送餘曲歛袖待新歌顰容生翠羽慢睇出橫波雖稱趙飛鸞比此詎成多

梁何遜詠舞詩　逐唱迴纖手聽曲動蛾眉日暮能留客相看詎此時

梁王暕詠舞詩　從風迴綺袖映日轉花鈿同情依促柱共影赴危絃

梁劉孝儀和詠舞詩　迴履裾香散飄衫鈿響傳低歛依促管慢睇入繁絃

又舞就行詩　依歌移弱步傍燭艷新粧徐來翻應節去去反成行

梁庾肩吾詠舞詩　飛皃袖始拂啼烏曲未終聊因斷續唱試記往還同

又詠舞曲詩　歌聲臨畫閣舞袖出芳林石城聽若遠前溪應幾深

梁殷芸詠舞詩　科身含遠意頓足有餘情方知難再得所以遂傾城

梁何敬容詠舞詩　因風且一顧揚袂隱雙蛾曲終情未已含睇目增波

陳徐陵詠舞詩　十五屬平陽因來入建章主家能教舞城中巧畫粧低鬟向綺席舉袖拂花黃燭送空邊影衫傳合褁香當延好留客故作舞衣長

隋庾信詠舞詩　洞房花燭明燕餘雙舞輕頓覆隨疎節低鬟逐上聲伴轉行初進衫飄曲未成鸞迴鏡欲滿鶴顧市應傾已曾天上學詎是地中生

虞世南詠舞詩　繁絃奏渌水長袖轉迴鸞一雙俱應節還似鏡中看

楊希道詠舞詩　二八如迴雪三春類早花分行向燭轉一種逐風斜

蕭德言詠舞詩　低身鏘玉珮舉袖拂羅衣對簷疑鸞起映雪似花飛

初學記卷第十五

初學記卷第十六

樂部下

錫山安國校刋

琴第一

敘事　琴操曰伏犧作琴以脩身理性反其天真也（又案世本說文曰桓譚新論並云神農作琴二說不同）風俗通曰琴者樂之統也君子所常御不離於身非若鐘鼓陳於

宗廟列於簴懸也以其大小得中而聲音和大聲不諠譁而流漫小聲不湮滅而不聞適足以和人意氣感發善心也白虎通曰琴者禁也禁止於邪以正人心也琴操曰琴長三尺六寸六分（象三百六十六日）廣六寸（象六合）文上曰池（池者水也言其平）下曰濱（濱者服也）前廣後狹象尊卑也上圓下方法天地也五絃象五行（風俗通曰琴長四尺五寸者法四時五行七絃以法七星）大絃爲君小絃爲臣文王武王加二絃以合君臣之恩（釋智匠樂錄曰文王加一武王加一今稱二絃爲文武絃）三禮圖曰琴第一絃爲宮

次絃爲商次爲角次爲羽次爲徵次爲少宮次爲少商爾雅云大琴謂之離郭璞曰大者十絃樂録曰大琴二十絃今无此器梁元帝纂要曰古琴名有清角黃帝之琴鳴廉脩況籃脅號鐘自鳴空中號鐘齊桓公琴繞梁楚莊王琴緑綺司馬相如琴燋尾蔡邕琴鳳皇趙飛鷰琴古之善鼓琴者有瓠巴師文師襄並見列子師襄亦見家語孔子師之韓詩爲師堂子成連伯牙方子春鍾子期並見琴操漢有渤海趙定梁國龍德見劉向別録風俗通曰凡琴曲和樂而作命之曰暢暢者言其道之美暢猶不敢自安憂愁而作命之曰操操者言困阨窮迫猶不失其操琴操曰古琴

曲有詩歌五曲一曰鹿鳴二曰伐檀三曰騶虞四曰鵲巢五曰白駒又有十二操一曰將歸操孔子所作孔子之趙聞殺竇鳴犢而作此曲二曰猗蘭操孔子所作傷不逢時三曰龜山操孔子作季桓子受齊女樂孔子欲諫不得退而望魯龜山作此曲喻季氏若龜山之蔽魯四曰越裳操周公所作五曰拘幽操文王作文王拘於羑里作此曲六曰岐山操周人爲文王所作七曰履霜操尹吉甫子伯奇无罪見逐自傷作此曲八曰朝飛操沐犢子所作沐犢子七十无妻見雉朝飛感而作此曲也九曰別鶴操商陵牧子所作娶妻五年无子父母欲爲改娶其妻聞之中夜悲嘯牧子感之作此曲十曰殘形操曾子所作曾子夢一狸不見其首而作此曲十一曰水僊操伯牙所作十二曰懷陵操伯牙

所作又有九引一曰烈女引楚樊妃作二曰伯妃引魯伯妃所作三曰貞女引魯次室女所作四曰思歸引衛女所作五曰霹靂引楚商梁所作商梁出游九皋之澤遇風雷霹靂畏懼而歸作此引六曰走馬引樗里牧恭作爲父報冤殺人而亡藏於山林之下有天馬引之感之作此引七曰箜篌引樗里子高所作即公无渡河曲八曰琴引秦時屠高門作九曰楚引楚龍丘子高所作又有河間雜歌二十一章琴歷曰琴曲有蔡氏五弄雙鳳離鸞歸風送遠幽蘭白雪長清短清長側短側清調大遊小遊明君胡笳廣陵散白魚歎楚妃歎風入松烏夜啼宋臨川王義慶爲江州刺史爲文帝所徵家人大懼妓妾夜聞烏啼憂思而成曲楚明光石上流泉臨汝侯子安之流漸涸雙燕離陽春弄悅人弄連珠弄中揮清暢志清蟠行清看客清便僻清婉轉清

事對

防心 得意 琴操曰伏羲作琴所以禦邪僻防心淫韓詩外傳曰孔子學琴於師堂子曰丘得其意未得其人有間曰丘巳得其人矣未得其類也有間邈然遠望曰洋洋乎翼翼乎其唯文王之間乎

納正 禁邪 嵇康琴讚曰閑邪納正宣和養素禁邪巳見上

宣情 理性 戴逵琴讚曰至人託玩導德宣情微音虛遠感物悟靈理性巳見上叙事中

歸風 積雪 西京雜記曰趙后有寶琴曰鳳皇皆以金玉隱起爲龍鳳螭鸞古賢列女之象亦善爲歸風送遠之操宋玉諷賦曰臣常行僕飢馬疲正值主人門開主人出獨有主人女在欲置臣堂上太高堂下太卑乃爲蘭房奥室止臣其中中有鳴琴焉臣援琴而鼓之爲秋竹積雪之曲

落霞 流水 郭子橫洞冥記曰恒山夕望東邊有

青雲髣髴俄而見雙白鶴集於臺上倏忽化爲二神女舞於臺
上握鳳管之簫拊落霞之琴歌清吳春波之曲吕氏春秋伯牙
鼓琴志在泰山鍾子期曰巍巍乎志在流水曰湯
湯乎鍾子期死伯牙絶絃破琴終身不復鼓之 **正聲** **雅**
操 嵇康琴賦理正聲奏妙曲揚白雪發清角紛淋浪以流離渙淫衍以優渥劉向琴賦曰葳蕤心而自翹兮伏雅操之循則
養氣 **怡心** 嵇康琴賦曰穆穆重華託心五絃宣和養氣介乃遐年成公綏琴賦曰清飈因其流聲兮■
■其逸響心怡懌而踴躍兮神感宕而忽悅 **一絃** **五曲** 晉書曰孫登彈一絃琴蔡氏五曲已見叙事中
音之首 **樂之興** 桓譚新論曰八音之中唯絃爲最而琴爲之首應劭風俗通曰琴者樂之興八
音並行君臣以相御 **離鸞** **別鶴** 西京雜記曰張安世十五爲成帝侍中善鼓琴能爲雙鳳離鸞之曲
別鶴已見上叙事中 **陽柯** **孫枝** 張協七命曰搆雲梯陟峥嶸翦藂實之陽柯剖大吕之陰莖營匠斲
其樸伶倫均其聲器舉樂奏促調高張音朗號鍾韻清繞梁嵇
康琴賦曰顧兹桐以興慮思假物以託心乃斲孫枝準量所任

至人攄思制爲雅琴 **通萬物** **協四氣** 桓譚新論曰神農氏爲琴七絃足以通萬物而考理乱也
成公綏琴賦曰四氣協而人神穆兮五教泰而道化通 **白鵠翔** **玄鶴舞** 瑞應圖曰師曠鼓琴
通於神明而白鵠翔韓子曰師曠鼓琴有玄鶴銜珠於中庭舞 **窮變化** **通神明** 成公綏琴賦曰
窮變化於无極兮盡人心之好善桓譚新論曰神農氏繼宓羲
而王天下亦上觀法於天下取法於地近取諸身遠取諸物於
是始削桐爲琴繩絲爲絃以通神明之德合天人之和焉 **梁甫吟** **楚妃歎** 蔡邕琴賦繁絃既抑
雅聲乃揚仲尼思歸鹿鳴三章梁甫悲吟周公越裳青雀西飛
別鶴東翔石崇楚妃歎序曰楚妃歎莫知其由楚之賢妃能立
德垂名於後唯楚妃焉故歎詠之 **子期聽聲** **君山獻曲** 子期已見流水注中後漢書曰
桓譚字君山善鼓琴成公綏琴賦曰遂創新聲改舊用君山献曲伯牙奏弄 **賦** **後漢傅毅琴**
賦 歷嵩岑而將降睹鴻梧於幽阻高百仞而不枉對脩條而特處蹈通■而■遊圖茲梧之所宜信雅琴之麗樸乃■伐其

孫枝命離婁使布繩施公輸之斤斲遂雕琢而成器撥神農之初制盡聲變之奥妙抒心志之鬱滯

後漢蔡邕賦

清聲發兮五音舉韻宮商兮動徵羽曲引興兮繁絃撫然後哀聲既發祕弄乃開左手抑揚右手裵徊指掌反覆抑按藏摧於是繁絃既抑雅韻乃揚仲尼思歸鹿鳴三章梁甫悲吟周公越裳青雀西飛別鶴東翔飲馬長城楚曲明光走獸率舞飛鳥下翔感激絃歌一低一昂

晉嵇康琴賦

錯以犀象藉以翠綠絃以園客之絲徽以鍾山之玉爰有龍鳳之象古人之形伯牙揮手鍾期聽聲華容灼爍發彩揚明伶倫比律田建操張進御君子新聲寥亮及其初調則角羽俱起宮徵相諧叅發並趣上下累應若乃高軒飛觀廣廈閑房冬夜肅清月明垂光新衣翠粲纓徽流芳觸攉如志唯意所擬初涉淥水中奏清徵撫絃按歌新聲代起曲引向闌衆音將歇改韻易調奇音乃發裵徊顧慕擁鬱抑按盤桓毓養從容祕翫英聲發越彩彩粲粲穆温柔以怡懌婉順序而逶迤或乘險投會邀隙趣危嚶若離鵾鳴清池翼若遊鴻翔增崖遂而聽之若鸑鳳和鳴戲雲中迫而察也若衆葩敷榮曜春風若次其曲引所宜則廣陵上息東武太山飛龍鹿鳴鵾雞游絃更唱迭奏聲若自然下逮論俗蔡氏五曲王昭楚妃千里別鶴論其體勢詳其風聲器和則響逸張急故聲清閑遼故音庳絃長則徽鳴性絜靜以端理含至德之和平誠可以感盪心志而發洩幽情云

晉成公綏琴賦

伯牙彈而駟馬仰秣子野揮而玄鶴鳴清角發而陽氣亢白雪奏而風雨零

陳陸瑜琴賦

龍門奇樹上籠雲霧根帶千仞之溪葉泫三危之露忽紛糅而交下終摧殘而莫顧逢蔡子之見矜識奇響於餘煙飛青雀兮歌綺殿引黃鶴兮慘離筵吟高松兮落春葉斷輕絲兮改夏絃歡曲舉而情踊躍引調奏而涕流漣亦有辭鄉去国對此二年

詩

南齊謝朓詠琴詩

洞庭風雨幹龍門生死枝雕刻分布護沖響鬱清危春風搖蕙草秋月蒲堦池是時別鶴叫傒溜客淚垂

梁劉孝綽秋夜詠琴詩

上宮秋露結上客夜琴鳴幽蘭暫罷曲積雪更傳聲

到溉詠琴詩

寄語調絃者客子心易驚離泣已將墜无勞別鶴聲

北齊馬元熙日晚彈琴詩

上客敞前扉鳴琴對晚暉掩抑歌張女淒清奏楚妃稍視紅塵落漸覺白雲飛新聲獨見

賞莫恨知音稀

陳沈炯賦得爲我彈清琴詩 爲我彈清琴琴鳴傷我襟半死无人覺入爨始知音空爲貞女引誰達楚妃心雍門何假說落淚自淫淫

趙蕭慤聽琴詩 洞門涼氣滿閑館夕陰生絃隨流水急調雜秋風清掩抑朝飛弄淒斷夜啼聲至人齊物我持此悅高情

隋江總賦得詠琴詩 可憐嶧陽木雕爲綠綺琴田文垂睫淚卓女弄絃心戲鶴聞應舞游魚聽不沉楚妃幸勿歎此異丘中吟

又侍宴賦得起坐彈鳴琴詩 絲傳園客意曲奏楚妃情罕有知音者空勞流水聲

揚希道賦得坐彈鳴琴詩 北林鵲夜飛南軒日斜進調絃發清徽蕩心袪褊恡変作離鴻聲還入思婦引長歎未終極秋風飄素鬢

又詠琴詩 人擅龍門質孤竦嶧陽名齊娥初發弄趙女正調聲嘉客勿遽反繁絃曲未成

劉允濟詠琴詩 昔在龍門側誰想鳳鳴時雕琢今為器宫商不自持巴人緩踈節楚客弄繁絲欲作高張引翻成下調悲

劉希夷夏彈琴詩 碧山卒岑寂素絲何清幽彈爲風入松崖谷颯巳秋鳴呼鍾子期零落歸山丘死兮若有知魂兮從我遊

讚

晉殷仲堪琴讚 五音不彰孰表大音至人善寄暢之雅琴聲由動發趣以虛深

晉王珣琴讚 穆穆和琴至至愔愔如彼清風冷肰經林

宋謝惠連琴讚 嶧陽孤桐裁爲鳴琴體兼九絲聲備五音重華載揮以養人心孫登是玩取樂山林

銘

後漢李尤琴銘 琴之在音蕩滌邪心雖存正性其感亦深存雅却鄭浮侈是禁條暢和樂樂而不淫

箏第二

敘事

風俗通曰箏秦聲也或曰蒙恬所造五絃筑身并涼二州箏形如瑟 傅玄箏賦曰上圓象天下平象地中空準六合絃柱擬十二月斯乃仁智之器豈蒙恬亡国之臣所能關思運巧 釋名曰箏施絃高箏箏然阮瑀箏賦曰箏長六尺以應律數絃有十

二象四時　柱高三寸象三才

事對

素質　朱絃 顧愷之箏賦曰其器也則端方脩直華文素質侯瑾箏賦曰物順合於律呂音叶同於宮商朱絃微而慷慨兮哀氣切而懷傷

應六律　摠八風 應六律已見上叙事中陶融妻陳氏箏賦曰列柱成陳既和且平摠八風而熈黍羌貫徵而洞靈

不疾不徐　或離或合 阮瑀箏賦曰平調定均不疾不徐遲速合度君子之衢傳玄箏賦曰追赴促弾急擊抑危洪纖雜奮或合或離

移風易俗　推故引新 侯瑾箏賦曰上感天地下動鬼神享祀宗祖嘉酺賓移風易俗混同人倫莫有尚於箏矣傳玄箏賦曰陰沉陽升柔屈剛興玄黃之分推故引新迭爲主賓四時之陳

有始有終　不盈不縮 傳玄箏賦曰清濁代興有始有終哀起清羽樂混大宮陶融妻陳氏箏賦曰度中楷模不縮不盈

賦

後漢侯瑾箏賦 於是急絃促柱變調改曲清宮流轉兮若將絕而復屬若乃察其風彩練其聲音美哉蕩乎樂而不淫雖懷思而不怨似

豳風之遺音於是雅曲既闋鄭衛仍脩新聲順變妙弄優游微風飄裳冷氣輊浮感悲音而增歎愴顦悴而懷愁

魏阮瑀箏賦 惟夫箏之奇妙極五音之幽微苞群聲以作主寫衆樂而爲師稟清和於律呂籠絲木以成資故能清者感天濁者合地五聲並用動靜簡易

晉陶融妻陳氏箏賦 伊夫箏之爲躰惟高亮而殊特應六律之攸和與七始乎消息括八音之精要超衆器之表則后夔創制子野考成牙氏攘袂而奮手鍾期傾耳以靜聽奏清角之要妙詠騶虞於鹿鳴獣連軒而率舞鳳跟蹌而集庭

晉賈彬箏賦 溫顏既緩和志向悅賓主交歡鼓鐸品列鍾子授箏伯牙擊節唱葛文之高韻讃幽蘭與白雪剖狀同形兩象著也設絃十二太簇數也列柱參差招搖布也分位允諧六龍之御

晉顧愷之箏賦 其器也則端方脩直天高地平華文素質爛蔚波成君子嘉其斌麗知音偉其含情罄虛中以揚德正律度而儀形

梁簡文帝箏賦 爾乃促筵命友衡觴置酒耳熱眼花之妃千金万年之壽白日蹉跎時淹樂久翫飛花之度窓看春風之動柳合麗人於玉席陳宝器於紈羅撫鳴

筝而動曲彎輕薄之經過若夫鈞竿復發蛺蝶初揮動玉瓜之餘怨明陽烏之始飛遂東趍於鄭女和西舞於荆妃足使長廊（之瓦虚墜梁上之塵染衣）**陳顧野王箏賦**（調宮商於促柱轉妙音於繁絃既留心於別鶴亦含情於採蓮始掩抑於紈扇時怡暢於升天）

詩

梁孝元帝和彈箏人詩（横箏在故推忽憶上絃時舊柱未移處銀帶手經持悔道啼將別交成今日悲）**又曰**（瑱柱動金絲秦聲發趙曲流徵含陽春美手過如王）**梁昭明太子詠彈箏人詩**（故箏猶可惜應度新人邉塵多澁移柱風燥脆調絃還作三州曲誰念九重泉）**梁沈約詠箏詩**（秦箏吐絶調玉柱揚清曲絃依高張斷聲隨妙指續徒聞音繞梁寧知顔如玉）**梁王臺卿詠箏詩**（依歌時轉韻按曲動花鈿促調移輕柱亂手度繁絃惟有高秋月秦聲獨可憐）**陳陸瓊玄圃宴各詠一物得箏詩**（五玉併時年二八共來前今逢泗濵樹定減琴中絃鶴別霜初緊烏啼月正懸）

安桂坡館

琵琶第三

叙事

風俗通曰琵琶近代樂家所作不知所起長三尺五寸法天地人與五行也四絃象四時也釋名曰琵琶琴本胡中馬上所鼓推手前曰琵引手却曰琶因以爲名（傅玄琵琶賦序曰代本不載作者故老云漢送烏孫公主念其行道思慕使知音者於馬上作之）傅玄琵琶賦曰中虚外實天地象也盤員柄直陰陽叙也釋智匠古今樂録曰琵琶出於絃鞉（杜摯以爲興之秦末蓋苦長城役百姓絃鞉而鼓之）古之善彈琵琶出者有朱生（見傅子傳）阮咸（見竹林七賢傳）

事對

馬上 牖下（馬上見叙事中劉義慶世説曰謝仁祖在北牖下弹琵琶故自有天際意）**丹桂**

素桐 成公綏琵琶賦曰絲則齊州之丹柱柱則梁山之象犀孫該詠琵琶賦曰惟素桐之奇生于丹澤之北垠下脩條以迴固上紛紜而干雲開黃鐘以挺幹表素質於蒼春

駭耳 娛心 成公綏琵琶賦曰好和者唱讃善聽者咨嗟眩睛駭耳失節蹉跎又傅玄歌詩曰所樂亦非琴雅言琵琶與箏能娛我心

緩調 急節 孫該琵琶賦曰緩調平絃原本反始溫雅沖泰弘暢通理成公綏琵琶賦曰改調高彈急節促過飛龍引舞趙女駢羅

奏六引 理五章 傅玄琵琶賦曰然後衆弄雜會六引遞奏纖絃振舞迅手繁驚成公綏琵琶賦曰撥止金石屛斥笙篁彈琵琶於私宴投西施朱毛嬙撰理參暢五齊五章

梁山象柱 岱谷絲絃 梁山象柱已見上丹柱注中孫該琵琶賦曰絃則岱谷會絲篚貢天府伯奇執軌杞妻抽緒大不過宮細不過羽

聞 促聲高 中虛外實 嵇康无聲哀樂論曰平和之人聽箏笛琵琶則形躁而志越聞琴瑟之音則躰靜而心閑夫琵琶箏笛閑促聲高故使人形躁而志越中虛外實已見上叙事

賦

晉孫該琵琶賦 延年度曲六弾俱成紲邪存正踈密有程離而不散滿而不盈沉而不重浮而不輕綿駒遺謳岱宗梁甫淮南廣陵郢中激楚曲終歌闋亂以衆契上下奮驁鹿奔猛厲波騰雨注飄風電逝

晉成公綏琵琶賦 八音之用調於曲藝簫韶九奏物有容製惟此琵琶興自夫喬爾乃託巧班倕妙意橫施因形造美洪殺得宜柄如翠虬之仰首盤似靈龜之觜蠵

晉傅玄琵琶賦 素手紛其若飄兮逸響薄於高梁弱腕忽以競騁兮象驚電之絕光飛纖指以促柱兮創發越以哀傷時旋撥以劫蹇兮聲撥擢以激揚啓飛龍之祕引兮逞奇妙於清商哀聲內結沉氣外澈舒誕沉浮徊翔曲折

薛收琵琶賦 惟茲器之爲宗總群樂而居妙應清角之高節發號鍾之雅調處躁靜之中權執踈密之機要過浮雲而散彩揚白日以垂耀爾其狀也龜腹鳳頸熊據龍旋戴曲履直破觚成圓虛心內受勁質外宣磅礴象地穹崇法天候八風而運軸感四氣而鳴絃金華徘徊而月照玉柱的歷以星懸

虞世南琵琶賦 尋斯樂之惟始乃絃鼗之遺事强秦創其濫觴盛漢盡其深致爰有達人演茲奇器參古今而定質擬神明而

攜思慰遠嫁之羈情寬絶域之帰志既而班爾運能鈎繩相設求嘉木於五嶺取殊材於九折析文梓以縱分剖香檀而横列木瓜貞栢盤根錯節或散錦而花開或絲縈而綺結徒觀其爲狀也則衆形斗極殊姿巧製隨良璞之脩短任規模之巨細既異材而合躰亦刓方而就鋭唯適道以從宜故无取乎凝滯若乃聲備角商韻包宮羽横却月於天漢寫迴風於洛浦始聞絃之既調乃長弄而徐撫憔緩步之踈節隨輕身之妙舞悲紫塞之昭君泣烏孫之公主季倫觀金谷之宴仲容暢竹林之聚[redacted]如長河草緑高樓月下入小苑而看花游上蘭而藉野泛澄波而轉鷁息長松而繋馬臨清流而揮絃弄殊方而俱寫音則抑揚嘈囋聯綿斷續紆餘雙鶴之吟清壯三秦之曲望高山之遥翠見西河之始緑

詩

唐太宗皇帝詠琵琶詩 半月无雙影金花有四時摧藏千里態掩抑幾重悲促節營紅袖清音滿翠帷駃弾風響急緩曲釧聲遲空餘閨隴恨因此代相思

南齊王融詠琵琶詩 抱月如可明懷風殊復清絲中傳意緒花裏寄春情掩抑有奇態淒鏘多好聲芳袖幸拂持龍門空自生

梁徐勉詠琵琶詩 雖爲遠道怨翻成今日歡含花已灼灼類月復團團

陳叔達聽鄰人琵琶詩 本自龍門桐因妍入漢宮香由羅袖裏聲逐朱絃中離有相思韻翻將入塞同閑山臨却月花蘂散廻風爲將金谷引添令曲未終

箜篌第四

敘事

風俗通曰箜篌一曰坎侯漢武帝祠太一后土令樂人侯調依琴作坎侯言其坎坎應節也侯以姓冠章也或曰空侯取其空中 釋名曰箜篌師延所作靡靡之樂盖空国之侯所好 琴操曰朝鮮津卒霍里子高作箜篌引

事對

漢祠 晋解 漢祠以見敘事中 晋永和起居注曰詔太史解土非祠典可給琵琶箜篌

濮水 錢溪 劉熙釋名曰箜篌師延所作後出桑間濮上之音 曹毗箜篌賦曰發愁吟引吳妃湖上颷沓以平雅錢溪摧藏而懷帰東郭念於遠人參潭愁於永違

湖上 桑

問 並見上濮水注 孫賦 霍歌 鈞滔毋孫氏有箜篌賦文具下孔衍琴操曰箜篌引者朝鮮津卒霍里子高所作也有一征夫被髮提壺涉河而渡其妻追止之不及墮河而死乃號天噓唏鼓箜篌而歌曰公无渡河公竟渡河公墮河而死當柰何曲終投河死子高援琴作其歌故曰箜篌引操曰朝鮮里子高爾

依琴 考筑 依琴以兒叙事中揚方箜篌賦序曰羽儀采緑采先軾轂裳起於造衣箜篌祖琴琴考筑箏作茲器於漢代猶擬易之玄經

宋女揮 吳妃引 孫氏賦曰后夔正樂唱引參列宋女揮絲秦娥撫節吳妃引見錢溪注中

賦

晉鈞滔毋孫氏箜篌賦 伊茲器之所起實侯氏之所營遠不假於琴瑟頋无取於竽笙亦乃陟九峻之層嵓睎承温之朝日剖嶧陽之孤桐伐楚宮之椅漆徵班輸以造器命伶倫以調律浮音穆於遐暢沉響幽而若絶樂操則寒條早榮哀蔓則晨華朝滅邈漸離之清角超子野之白雪然思梁甫頋登華岳路險悲秦道難怨蜀遺逸悼行邁之離秋風哀年時之速凌危柱以頓[redacted]憑哀絃以躑躅於是數轉難測聲变无方或拂搦以飄沉或頓挫以抑揚或散角以放羽或攄徵以騁商於是而巳矣

曹毗箜篌賦 嶧陽之桐植頴嵓標清泉潤根女蘿被條爾乃楚班製器窮妙極巧龍身鳳頸連翩杳窈纓以金彩絡以翠藻其絃則烏號之絲用應所任躰勁質朗虛置自吟

宋臨川康王劉義慶箜篌賦 侯[redacted]而始造魯幸奇而後珍名啓端於雅引器荷重於吳君等齊歌以无譬似秦箏而非群

詩

梁簡文帝賦得箜篌詩 捩遲初吹弄急持傕舞釧響逐絃鳴衫迴半彰柱欲知心不平君看黛眉聚

鍾第五

敘事

釋名曰鍾空也空内受氣多故聲大白虎通曰鍾之爲言動也陰氣用事萬物動成五經通義曰秋分之音也世本曰倕作鍾 又出山海經曰鼓延爲鍾 爾雅曰大鍾謂之鏞 音庸 其中謂之剽 疋妙反

小者謂之棧仕板反 周禮曰鳧氏爲鐘兩欒謂之銑鄭玄曰故書欒作樂杜子春云銑鐘口兩角也 銑間謂之于于上謂之鼓鼓上謂之鉦鉦上謂之舞此四者鐘體也鄭司農云于鍾脣之上祛鼓所擊處 鐘縣謂之旋旋蟲謂之幹旋屬鍾柄所以縣也鄭司農云旋虫者旋以虫爲飾也玄謂今之旋有蹲熊盤龍辟邪之虫 鐘帶謂之篆篆間謂之枚枚間謂之景帶所以分其名鄭司農云枚鐘乳也 凡鐘磬各有筍思尹反 虡寫鳥獸之形大聲有力者以爲鐘虡清聲無力者以爲磬虡釋名云橫曰簨與筍同 在上峻也植曰虡虡舉也從傍舉也毛詩注曰設大板以飾虡爲縣爲業又曰崇牙樹羽並以飾爲簨虡

尚書大傳曰天子左五鐘右五鐘樂汁圖徵曰鐘有九乳三禮圖曰凡鐘十六枚同爲一簨虡爲編鐘特縣者謂之鎛音博 古今樂錄曰凡金爲樂器有六皆鐘之類也曰鐘曰鎛曰錞音淳 曰鐲音濁 曰鐃奴交 曰鐸大各反 鎛如鐘而大錞錞于也圓如椎頭上大下小所謂金錞和鼓也鐲鉦也形如小鐘軍行爲鼓節鐃如鈴而無舌有柄而執之鐸如大鈴古鐘名有大林之鐘見国語 景鐘見管子 九龍之鐘見淮南子 十龍之鐘見賈子 千石之鐘見說苑及相如上林

賦 事對

生一 紀三 樂汁圖徵曰黃鍾生一一生万物故君子鑠金爲鍾王粲鍾銘曰紀之以三平之以六度量以加氣齊允淑

雷師 梟氏 傅玄歌詞曰雷師鳴鍾鼓風伯吹笙簧西母出穴聽王父吟東廂梟氏見叙事

周編 鄭抱 周禮曰磬師掌攷擊編鍾尸子曰鄭簡公謂子産曰飲酒之不樂鍾鼓之不鳴寡人之任也国家之不乂朝廷之不治弁諸侯交之不得志子之任也子无入寡人之樂寡人无入子之朝自是已來子産治鄭城門不閉国无盜賊道无餓人孔子曰若鄭簡公之好樂雖抱鍾而朝可也

思武 錫文 禮記曰鍾聲鏗鏗以立號號以立橫橫以立武君子聽鍾聲則思武臣王子年拾遺記曰帝顓頊居位文德者則錫以鍾磬武德者則錫以干戈

左三 右五 戴延之西征記曰洛陽大極殿前左右各三銅鍾相對大者三十二圍小者二十五圍韓詩外傳曰古者天子左右五鍾將出則撞黃金之鍾而鍾皆應之

旋蟲 繞獸 旋蟲已見上叙事陸翽鄴中記曰銅鍾四枚如鐸形高二丈八寸大面廣外一丈二尺小面廣七尺或作蛟龍或作鳥獸繞其上

發鯨 雊雉 張衡西京賦發鯨魚鏗華鍾薛綜注曰海中大魚名鯨海島又有大獸名蒲牢蒲牢畏鯨魚鯨魚一擊蒲牢輙大鳴吼凡鍾欲令聲大故作蒲牢於上以所擊之者爲鯨魚有篆刻文故曰華鍾淮南子曰齊景公族鑄大鐘撞之於庭下郊雉皆雊許慎注曰族聚也其鐘聲如雷震雉皆應之

二肆 一虡 左傳曰鄭人賂晉侯歌鍾一肆注曰肆列也懸鍾十六爲一肆二肆三十二枚三禮圖曰鎛鍾之大者也形如鍾但大耳其在虡亦一■而已

攻罪 銘勳 樂汁圖徵曰聖王■承天定祿爵人者不過其能尊卑有位位有物物有宜功成者賞功敗者罰故樂用鍾宋均注曰不過其能謂量能授爵也有罪鳴鐘以攻之也国語曰晉克潞之役秦有圖敗晉功魏顆以身却退秦于輔氏親止杜回其勳銘之景鍾

萬鈞 千石 張衡西京賦曰洪鍾万鈞猛虡趪趪薛綜注曰洪大也三十斤曰鈞三輔黃圖曰始皇造虡高二丈鍾小者千石

兩欒 九乳 兩欒已見叙事中樂汁圖徵曰君子鑠金爲鍾四時九乳是以撞鍾以知君鍾調則君道得宋均注曰九乳法九州也

母

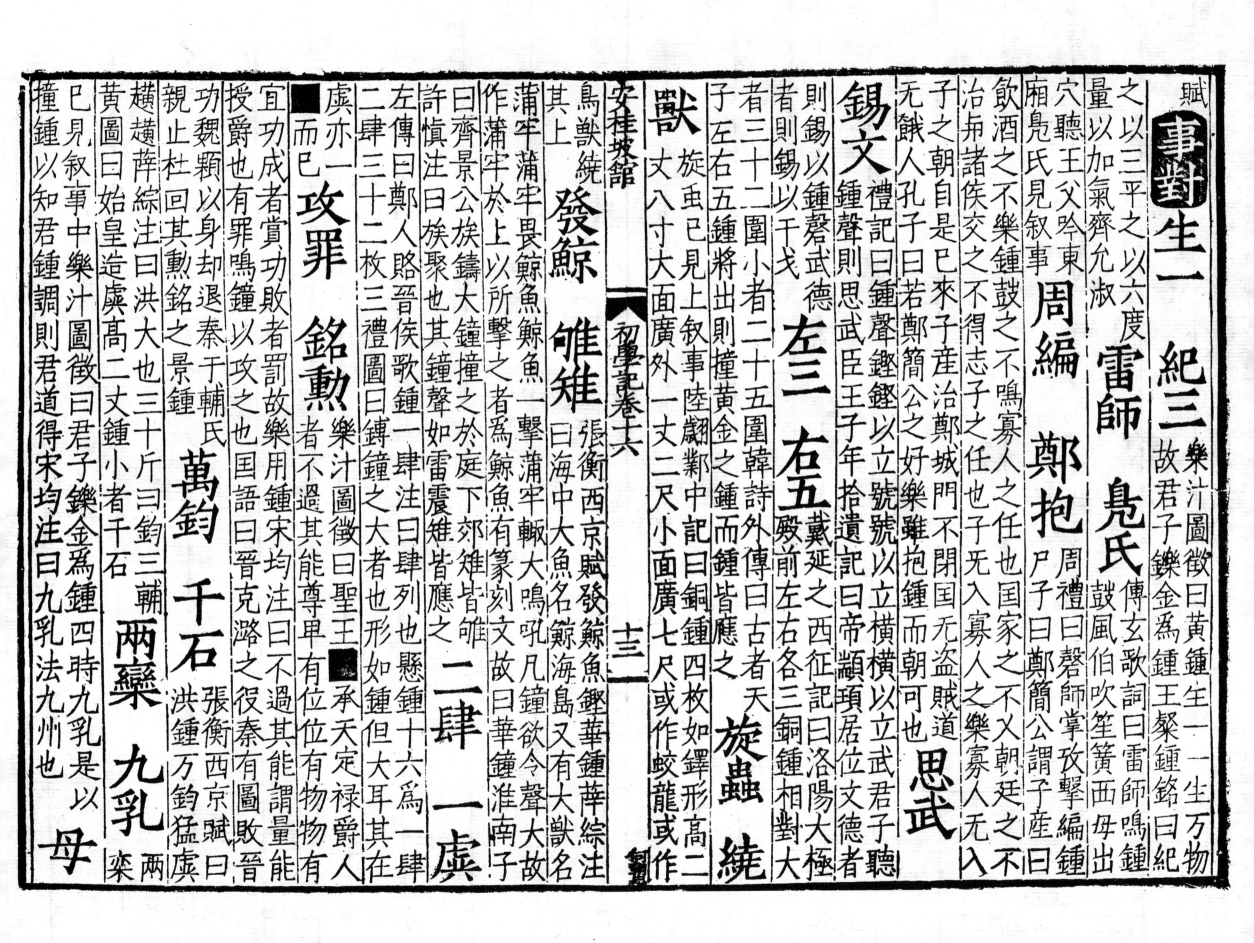

感 子鳴 東方朔傳曰漢武帝時未央宮殿前鐘无故自鳴三夜三日不止大怪之召待詔王朔問之朔對有兵氣上更問東方朔朔對曰王朔知其一不知其二臣聞銅者土之子以陰陽氣類言之子毋相感山恐有崩弛者故鐘先鳴易曰鳴鶴在陰其子和之上曰應在幾日朔曰在五日内居三日南郡太守上言山崩延袤二十餘里上大笑賜帛三十疋

齊毀 魯鑄 晏子春秋曰齊景公爲大鐘將懸之仲尼伯常騫晏子三人俱來朝皆曰鐘將毀撞之果毀公召三子問之晏子曰鐘大非禮是以曰將毀仲尼曰鐘大懸下其氣不得上薄是以曰將毀伯常騫曰今日庚申雷日也陰莫勝於雷是以曰將毀慎子曰魯莊公鑄大鐘曹翽入見曰今国褊小而鐘大君何不圖之

霍山文 江水字 何法盛晋中興書曰義熙十一年霍山崩毀出銅鐘六枚上有文科斗書人莫能識又虞喜志林曰吳時於江水中得鐘有百餘字募求讀者竟無人曉

吳札去 杜蕢入 左傳曰吳公子札自衛如晋將宿於戚聞鐘聲焉曰異哉夫子之在此也猶鷰之巢於幕上君又在殯而可以樂乎遂去之 禮記曰智悼子卒未葬平公飲酒師曠李調侍鼓鐘杜蕢自外來聞鐘聲曰安在曰在寢杜蕢入寢歷階而升酌曰曠飲斯又酌曰調飲斯又酌堂上北面坐飲之

鳴三日 聞百里 鳴三日已見上毋感注中漢官儀曰高祖廟鐘十枚撞之聲聞百里

賦

漢賈誼虡賦 妙彫文以刻鏤兮象巨獸之屈奇兮戴高角之峩峩負大鐘而顧飛美哉爛兮亦天地之大式

銘

後漢王粲延賓鐘銘 有魏匡国成功允章格于上下光于四方休徵時序人悦時康造兹衡鐘有命自皇三以紀之六以平之厥量孔嘉厥齊孔時音聲和協人德同熙聽之无射用以啓期

後魏温子昇鐘銘 宮商遞变律呂相生立號則起從華以成調之必應擊而不橫銅盤韻響火鳥和聲出入成則明宵有數

岑文本太極殿前鐘銘 夫金之爲德冠五材以稱寶鐘之爲器諧入音而表節成物兼於軍国致用適於洪纖故習戎者用之以警衆司曆者俟之以考辰其由来也尚矣粤以貞觀之十四載歲在上章乃詔工者梟氏鑠銅爲鐘陳諸路寢之庭以紀壷人之節爾乃卭都作貢虞倕騁神六齊不忒四時合度大小允寬

樂之中清濁得舒疾之和聲隨曉唱則貴賤有序響應漏晝則士庶知禁同夏后之諭義異周王之鮮財加以博採故實无忘舜典股肱之績必紀爪牙之功是勒冰貽懿範被之无疆

磬第六

叙事

世本曰無句作磬樂録又曰磬叔所造未知孰是无句堯臣也五經要義曰磬立秋之樂也白虎通曰磬者夷則之氣象萬物之成爾雅曰大磬謂之毊許嬌反徒擊磬謂之蹇郭璞曰磬形似犂錧以玉石爲之周禮曰磬人爲磬倨句一矩有半其博爲一三禮圖曰股廣三寸長尺三寸半十六枚同一簨虡謂之編磬周禮注曰在東方曰笙磬在西方曰頌磬笙生也頌作庸庸功也古磬名有離磬見禮記洞陰之磬見漢武內傳西王母侍女成花君所拊出磬石有泗濱尚書曰泗濱浮磬九真浮嶽見劉欣期交州記小華之山涇水鳥危之山並見山海經

事對

泗濱 瀛上尚書曰徐州泗濱浮磬孔安国曰泗水中見石可以爲磬也王子年拾遺記曰浮磬即瀛洲也上有青石可爲磬磬長一丈而輕若鴻毛

懸石 浮金王韶之始興記曰縣下流有石室內有懸石扣之聲若磬響十餘里郭子橫洞冥記曰漢武帝起招仙閣於甘泉宮西其上懸浮金輕玉之磬

禹懸 夔拊淮南子曰禹以五音聽政縣鐘鼓磬鐸置鞀以待四方之士爲號曰教寡人以道者擊鼓諭寡人以義者擊鐘告寡人以事者振鐸告寡人以憂者擊磬有獄訟告寡人者搖鞀呂氏春秋曰堯命夔拊石擊石以象上帝玉磬之音以舞百獸孔注尚書曰拊擊也石磬也

鳥應 獸舞東觀漢記曰王阜爲重泉令鸞鳥集學宮阜擊磬而舞尚書曰擊石拊石百獸率舞

魯

堂 漢閣 [漢書魯恭王好修宮室壞孔子舊宅以廣宮室聞鐘磬琴瑟之音遂不復壞漢閣已見浮金注中]

山陽石 水上金 [山海經曰鳥危之山其陽多磬石郭子横洞冥記曰漢武帝懸浮金輕玉之磬浮金者自浮於水上輕玉者其質貞明而輕也] 賓媚賂晉 臧文告齊 [左傳曰晉師從齊師入自丘輿擊馬陘齊侯使賓媚人賂以紀甗玉磬国語曰魯饑臧文仲以玉磬如齊以糴]

鼓第七

叙事 風俗通曰鼓者郭也春分之音萬物皆鼓甲而出故謂之鼓易曰鼓之以雷霆則其所象也不知誰之所造禮記曰伊耆氏蕢桴土鼓三禮曰夏后足鼓殷人置鼓[置音植亦作樹]周人懸鼓周禮曰以雷鼓鼓神祀[鄭玄曰雷鼓八面]以靈鼓鼓社祭[靈鼓六面社祭地祇]以路鼓鼓鬼享[路鼓四面鬼享享宗廟]以鼖鼓鼓軍事[鼖音墳大鼓爲鼖長八尺]以鼛鼓鼓役事[鼛音高鼛鼓長一丈二尺]以晉鼓鼓金奏[晉鼓長六尺六寸]又曰王執路侯執鼖將軍執晉鼓師帥執提旅帥執鼙易通卦驗曰冬至鼓用馬革圓徑八尺一寸夏至鼓用牛皮圓徑五尺七寸[鄭玄注曰馬坎類牛离類]爾雅云小鼓謂之應纂要曰應鼓曰鞞鼓亦曰朄鼓[朄音胤亦曰田鼓胤者引也言先擊鼓以引大鼓也又見三禮圖]樂之所成曰鞉鼓[一作鼗音逃見毛詩]大鼗謂之麻小鼗謂之料徒擊鼓謂之咢[見爾雅]又有鼉鼓[見毛詩又司馬相如上林

賦曰建靈鼉之鼓 鷺鼓鶴鼓 毛詩曰振振鷺鷺于飛鼓咽咽又曰鷺者鼓精也古今樂録曰吳録曰吳王夫
差移於建康之宮南門有雙鶴從鼓中而飛下入雲中一作[redacted] 王鼓 見春秋緯 布鼓 見西漢書王遵傳
銅鼓 見馬援傳 石鼓 見鄧德明南康記 聖鼓 王部之始興記曰秦鑿楊山桂楊山閣下鼓便
自奔逸息於臨武遂之始興洛陽遂名聖鼓今臨武有聖鼓城 節鼓 傳玄有節鼓賦 鞉料鼓 樂録曰鼓
和如鼓而小執其柄搖其耳傍邊自相擊而鳴爾雅曰小鞉曰料今併而稱之 馬上之鼓曰提鼓
見周禮有木可提執 施於朝曰登聞鼓 堯置敢諫鼓即此也 施於府寺
曰朝晡鼓在村墅曰枹鼓 枹一作桴音浮謂擊鼓物 在邊徼曰
警鼓雀豹古今注曰漢有黃門鼓吹一名樓車
古今樂録曰鼓吹有龍頭大棡 古浪反 中鼓獨揭 音桀

小鼓 皆有品秩天子以賜臣下及軍旅用之 **事對** 殷樹 周懸 並見叙事中
擊玉 獻銅 春秋孔演圖曰有人卯金豐擊玉鼓駕六龍虞喜志林曰建武二十四年南郡男子獻銅
鼓有銘 廟西 座左 禮記曰廟堂之上罍樽在阼犧樽在西廟堂之下懸鼓在西應鼓在東吳質荅
曹植書曰近者之歡實蕩鄙心秦箏發徵二八迭奏塤簫擊於華幄靈鼓動於座左 豫章伐木 交
阯鑄銅 盛弘之荊州記曰始興郡山陽縣有豫木本徑可二丈名爲聖木秦時伐此木爲鼓顙鼓顙成忽有奔逸
北至山陽范曄後漢書曰馬援好騎善別馬名交阯得駱越銅鼓乃鑄爲馬式進上 **賦** 晉陸士衡
鼓吹賦 宮備衆聲躰僚君器飾聲成文彫音作蔚響以形分曲以和綴放嘉樂於會通宣万变於觸類適清[redacted]以
定奏期要妙於豊[redacted]邈拊搏之所營務戛歷之爲最 **詩** 梁劉孝威賦得鳴朄應
令詩 雜扇雖俱歛交行忩自分轉袖時繞腕揚履自開裙 梁蕭琛詠鞞應詔詩

抑楊■雅舞擊享逗和音
却馬旣云在將帥止思心

簫第八 叙事 風俗通曰舜作簫其形參差以象鳳
翼白虎通曰簫者中呂之氣也易通卦驗曰簫
夏至之樂五經通義曰編竹爲之長尺有五寸
博雅曰簫大者二十三管無底小者十六管有
底三禮圖曰無底者謂之洞簫有雅簫長四十
頌簫長尺二寸古之善吹簫有秦女弄玉僊人
蕭史見列仙傳漢元帝能■簫見漢書靈帝見謝承後漢書 事對 七數
九成易通卦驗曰夏至之樂■以簫鄭玄注曰簫亦管也形似鳳翼鳳火禽也火數七夏時又火用事尚書曰

簫韶九成鳳皇來儀 帶牙 編竹 王襃洞簫賦曰班匠施巧夔襄准法帶以象牙混其會合五經要義
曰簫者編竹巳見上 象鳳 致鶴 象鳳以見上劉向列仙傳蕭史者秦繆公時人善吹簫能致孔雀白
鶴繆公女弄玉好之公亦妻焉其隨鳳去故秦人作鳳女祠於雍宮代有簫聲矣 魚瞰 鳳飛 王襃
洞簫賦曰蟋蟀尺蠖跂行喙息蟻蟻蝘蜓蝉蝉蛡蛡遷延■迤魚瞰雞睨垂喙蜿轉瞪瞢忘食鳳飛巳見上 薊宅
張墓 葛洪神仙傳曰薊子訓少嘗仕郡人莫知其道三百餘年容色不老及死殯之宿昔棺輷然作雷霆音光
照宅宇見棺蓋飛在庭棺中无復人但餘履爾須臾聞陌上有人馬及簫鼓聲蕭方等三十国春秋曰涼州人胡安據盜發掠
州人張駿墓見駿貌如生得赤玉簫紫玉笛 越宮 吳市 吕氏春秋曰客有以吹籟見越王者上下
宮商和而越王不喜或謂之野音而王反悅之亦有如此者要在好之而及廣雅曰籟謂之簫史記曰伍子胥鼓腹吹簫乞食
於吳市中 賦 漢王襃洞簫賦■原夫杲幹之所生兮于江南之墟洞條暢而罕節兮標駿紛

以扶踈惟詳察其素朕兮宜清靜而弗喧幸得謚爲洞簫兮蒙聖主之渥恩而謂惠而不費兮因天性之自然若乃徐聽其曲度兮廉察其賦歌啾咇喞而將吟兮行鍖鉎以和羅風洪洞而不絶兮優娆娆以婆娑翩綿連以牢落兮漂乍弃而爲它要復遮其蹊蹊兮與謳謡乎相和故聽其巨音則周流汎濫并包吐含若慈父之畜子也其妙聲則清靜厭瘱順叙卑述若孝子之事父也條科譬類誠應小理澎濞沆瀣一何壯士優柔温潤又似君子故其武聲則若雷霆輘輷佚豫以沸渭其仁聲則若凱風紛披容與而施惠或雜遝以聚斂兮或拔撥以奮弃悲愴怳以惻惐兮持恬淡以綏肆被淋灑其靡靡兮時潜潰以陽遂哀悄悄之可懷兮良醰醰而有味故饕餮者聽之而廉隅狼戾者聞之而不懟剛毅強獻反仁恩兮嘽唌逸豫戒其失鍾期牙曠悵然而愕立杞梁之妻不能爲其氣師襄嚴春不敢竄其巧兮浸滛叔子遠其類嚚頑朱均恊復慧兮桀跖鬻博儡以頓悴吹參差而入道德兮故永御而可貴

詩

梁劉孝儀詠簫詩 危聲合歌鼓絶弄混笙篪管簫知氣促叙動覺㞙移簫史安爲貴能令秦女隨

笙第九

叙事

釋名曰笙生也象物貫地而生以匏爲之其中空以受簧也白虎通曰笙之言施也牙也萬物始施而牙太蔟之氣也說文曰笙正月之音物生故謂之笙有十三簧象鳳之聲世本曰隨作笙 禮記曰女媧之笙簧 爾雅曰大笙謂之巢小笙謂之和白虎通曰笙有七政之節焉有六合之和焉天下樂之故謂之笙古之善吹笙者有王子晉 見列仙傳周靈王太子 董雙成 見漢武內傳西王母侍者 漢桓帝 見漢東觀記 魏杜夔 見魏志

事對

珠垂 玉振 潘岳笙賦曰明珠在咮若銜若垂 ■ 王廙

賦曰金清而玉振

離鴻　別鶴　潘岳笙賦曰荆王喟其長吟楚妃嘆而增悲夫其悽戾辛酸嚶嚶関若離鴻之鳴子也王廙賦曰覩眺遠遊登山送離發千里之長思詠別鶴於路岐

通氣　和神　蔡邕月令章句曰季秋之月上丁入學習吹所以通氣也管簫笙竽塤箎皆以吹鳴者也許慎說文曰舜祠下得笙玉管夫以玉作音故神人以和鳳皇來儀

達陰陽　移風俗　邯鄲綽五經折疑曰夫笙者法万物始生導達陰陽之氣故有長短黃鍾之始象法鳳皇王廙笙賦曰直而不倨曲而不悱疏音簡節樂不乃妙足可以易俗移風興治至教弘義著於典謩兮歷万代而弥劭

賦

晉潘岳笙賦

河汾之寶有曲沃之懸匏焉鄒魯之珍有文陽之孤篠焉若乃綿蔓約敷之麗浸潤靈液之滋固衆作者之所詳余可得而略也徒觀其制器也審洪纖面短長剸生幹裁熟簧設宮分羽經徵列商基黃鍾以舉韻望儀鳳以擢形寫皇翼以揷羽摹鸞音以厲聲於是乃有始泰終約前榮後瘁激憤於今賤求懷於故貴衆滿堂而飲酒獨向隅而掩淚援鳴笙而將吹先嗢噦以理氣或按衍夷靡或竦勇剽妙或既往而不反或以出而復入徘徊布濩渙衍葺襲舞既蹈而中輟節將撫而不及輟張女之哀弾流廣陵之名散詠園桃之夭夭歌棗下之纂纂歌曰朱實離離一宛其死矣化爲枯枝人生不能行樂死何以空謚爲爾乃引飛龍鳴鵾雞雙鴻翔白鶴飛子喬輕舉明君懷歸荆王喟其長吟楚妃歎而增悲新聲変曲奇韻横逸縈纏歌鼓網羅鍾律爛熠爚以放艷藹逢勃以氣出秋風詠於燕路天光重於朝日大不踰宮細不過羽唱發章夏導揚韶武協和陳宋混一齊楚邇不逼而遠无携聲成文而節有序

晉王廙笙賦

其制器也則取不周之竹曾城之匏生懸崖之絶嶺邈崫崒以高崇延脩頸以元首献瑶口之陸離舞靈蛟之素鱗銜明珠於帶垂

晉夏侯湛笙賦

嗟万物之殊觀莫比美乎音聲揔衆異以合躰匪求一而取成雖琴瑟之既麗猶靡尚乎清笙爾乃抑揚嘘吸或協或吹壓拈挹按同覆于後初進飛龍重繼鵾雞振引合和如會如離若夫纒綿約殺足使放達者羞察通野平曠足使廉規者弃節沖虛全澹足使貪榮退讓開明爽亮足使慢惰者進謁豈衆樂之能倫邈奇特而殊絶

陳顧野王笙賦

聲流洛渚器重汾陽協歌鍾於宿夕詠月

扇於紘梁同離鴻於流徵會別鶴於清商

詩 梁陸罩詠笙詩 管清羅袖拂響合絳脣吹人情應節轉逸態逐聲移所美同王子弄羽一參差

梁沈約詠笙詩 彼美實枯枝孤篠定參差鵾雞已嘲哳稟下復林離本期王子宴宰待洛濱吹

楊希道詠笙詩 短長插鳳翼洪細摹鸞音能令楚妃歎復使荆王吟切切孤竹管來應雲和琴

笛第十

叙事 風俗通曰笛漢武帝時丘仲所作也又按宋玉有笛賦玉在漢前恐此說非也又馬融長笛賦云近代雙笛從羌起笛滌也所以滌邪穢納之於雅正也長一尺四寸七孔笛音一定諸絃歌皆從笛爲正笛之所出有雲夢之竹見魏文帝吳質書衡陽之幹見宋玉笛賦柯亭之竹見伏滔長笛賦古之善

吹笛者有馬融見融自叙游楚見魏志宋禕見世說禕石崇綠珠弟子桓子野及奴顧見語林

事對 奇寶 良幹 宋玉笛賦曰芳林皓幹有奇寶兮傳人通明樂斯道兮李尤笛銘曰剡削長幹三孔脩長流離浩蕩壯士抑揚

昭華琯 柯亭竹 西京雜記曰高祖初入咸陽宮周行府庫金玉珍寶不可稱言其尤驚異者笛長二尺三寸六孔銘曰昭華之琯伏滔長笛賦序曰余同僚桓子野有故長笛傳之耆老云蔡邕所製也初邕避難江南宿於柯亭之館以竹爲篆邕仰而盻之曰良竹也取以爲笛奇聲獨絕歷代傳之以至于今

攄憤 滌邪 蔡邕瞽師賦曰天何蒙昧之瞽兮心窮忽以鬱伊目冥冥而無睹兮嗟懷煩以愁悲撫長笛以攄憤兮氣轟鍠以橫飛滌邪已見敘事

諭意 暢神 馬融長笛賦曰可以通靈感物寫神諭意致誠効志率作興事伏滔長笛賦曰雲禽爲之婉翼泉鱣爲之躍鱗遠可以通靈達微近可以寫情暢神

激朗 清哀 馬融長笛賦曰彷徨縱肆曠瀁敞罔老莊之槩也溫直優

殺孔孟之術也激朗清厲隨光之介也陶潛閑情賦曰起攝帶以何晨繁霜粲以素階雞斂翅而未明遠笛鳴而清哀

雜引 奇曲

沈約宋書曰晉太始十年中書監荀勗中書令張華令郝玉鼓箏宋同吹笛以為雜引相和宋玉笛賦曰招伯奇於涼陰追申子于晉城夫奇曲雅樂所以禁淫也錦繡黼黻所以禦寒也

寫神 怡志

寫神已見上諭意注中伏滔長笛賦曰達足以協德宣猷窮足以怡志保身兼四德而稱隽故名流而器珍

水龍鳴 雲禽婉

馬融長笛賦曰龍鳴水中不見已截竹吹之聲相似雲禽婉已見上暢神注中

納雅正 雪垢滓

納雅正已見敘事馬融長笛賦曰可以致誠効志率作興事溉滌汚穢澡雪垢滓

離南楚 出西涼

宋玉長笛賦云八音和調成稟受兮善善不衰為時保兮絕鄭之遺離南楚兮美風洋洋而暢茂兮李尤笛銘曰出自西涼流離浩蕩

賦

楚宋玉笛賦

余常觀於衡山之陽見奇篠異幹罕節簡枝之叢生也其處磅磄千仞絕溪陵阜崇崛万丈盤石雙起丹水湧其左醴泉流其右師曠將為陽春北鄭白雪之曲取其雄焉宋意將送荊卿於易水之上得其雌焉於是天旋少陰白日西靡命嚴春使午子延長頸奮玉手摛朱脣曜皓齒頳顏臻玉貌起吟清商追流徵

後漢馬融長笛賦

融既博覽曲雅精覈數術又性好音能鼓琴吹笛而為督郵無留事獨卧郿縣平陽鄔中有洛客舍逆旅吹笛融去京師逾年暫聞甚悲而樂之作長笛賦其詞曰惟籦籠之奇生兮于終南之陰崖託九成之孤岑臨万仞之石溪是以門介无蹊人跡罕到猨蜼晝吟鼯鼠夜叫於是放臣逐子弃妻離友憯乎下風收精注耳夔襄比律于野協呂十二畢具黃鍾為主詳觀夫曲引之繁會叢雜何其富也紛葩爛漫誠可喜也波散廣衍實可異也律呂既和哀聲亦降曲終闋盡餘絃更興繁手累發密櫛疊重上擬法於韶箾南籥中取度於白雪綠水下采制於延露巴人于時綿駒吞聲伯牙毀絃瓠巴輟柱師襄弛懸近代雙笛從羌起羌人伐竹未及已龍鳴水中不見已截竹吹之聲相似易京君明識音律故本四孔加以一君明所加孔後出是謂商聲五音畢

陳傅縡笛賦

貞筠翠節冒霜停雪江潭薦竿巴人所截五音是備六孔斯設殊響抑揚似出平陽曲疑高殿聲幽洞房既逐舞而

廻袖亦將歌而繞梁忽從弄而危短乍調吹而柔長於是時也趙瑟輟謳齊竽息唱見象筵之悅耳聽清笛之寥亮

詩

陳周弘讓賦長笛吐清氣詩 商聲傳後出龍吟響前吐情斷山陽含氣吐平陽塢胡騎爭北歸偏知引鄉苦羈旅情易傷零淚如交雨

陳賀徹賦得長笛吐清氣詩 胡関氛霧侵羌笛吐清音韻切山陽曲聲悲隴上吟柳折城邊樹梅舒嶺外林方知出塞虜不悼武溪深

隋

姚察賦得笛詩 作曲是佳人製名由巧匠鶡絃時莫並鳳管還相向隨歌響更發逐舞聲彌亮宛轉度雲窓逶迤出𢅅帳長隨画堂裏承恩无所讓

劉孝孫詠笛詩 涼秋夜笛鳴流風韻九成調高時慷慨曲変或凄清征客懷離緒鄰人思舊情幸以知音顧千載有奇聲

初學記卷第十六